SASKIA DREßLER

Sternen-leuchten

von Saskia Dreßler

Bibliografische Information der Deutschen Nationalbibliothek
Die Deutsche Nationalbibliothek verzeichnet diese Publikation in der deutschen Nationalbibliografie; detaillierte bibliografische Daten sind im Internet über http://dnb.dnb.de abrufbar.

2. überarbeitete Auflage, März 2025

© 2024 Saskia Dreßler
Saskia Dreßler – c/o Prepon UG (haftungsbeschränkt)
Gutenbergstraße 88 – 70197 Stuttgart
Lektorat: Melanie Schneider | seitenreise.net
Sensitivity Reading & Cover: skalabyrinth | skalabyrinth.org
Korrektorat & Buchsatz: Claus R. Kullak | crk-res.de
Illustrationen: Synlana

Verlag:
BoD · Books on Demand GmbH, In de Tarpen 42, 22848 Norderstedt, bod@bod.de
Druck:
Libri Plureos GmbH, Friedensallee 273, 22763 Hamburg

ISBN: 978-3-7693-2262-0
www.saskiadressler.com

Für alle, die in einer Welt,
in der sie nicht verstanden werden,
eine Aufmunterung brauchen.

»Sternenleuchten« ist eine Geschichte, die ein winterliches und gemütliches Gefühl vermitteln soll. Trotzdem gibt es ein paar Content Notes für dich. Diese findest du auf Seite 91.

Überraschungsbesuch

Vor dem Fenster wiegten sich Schneeflocken. Sie wurden im Wind hin- und hergejagt und schienen sich gegenseitig fangen zu wollen. Versunken ineinander, in einem Tanz, den niemand sonst kannte.

Schneeflocke für Schneeflocke landete auf der festgefrorenen Erde, bedeckte sie, bis sie im Frühjahr von der Sonne wieder aufgeweckt werden würde. Solange würde alles schlummern, starr und kalt.

Syn konnte nur seufzen, als lyn aus dem Fenster sah. »Schnee, Schnee, Schnee … Nichts anderes und das seit Tagen«, brummte lyn und wandte sich damit an einen großen schwarzen Hund, der vor der Feuerstelle lag und lyns Bewegungen beobachtete. »Was meinst du, Tjor, hört es irgendwann auf zu schneien?«

Der Hund verzog keine Miene, sondern sah Syn weiter stoisch an.

Lyn schüttelte den Kopf. »Du könntest mir ruhig antworten. Aber ja ... Du hast es gut. Du kannst hier vor dem Feuer liegen bleiben, während ich nach draußen muss, um Holz zu besorgen. Wenn das so weiter geht, dann reicht mir der Schnee bald bis zur Hüfte. Sicher ist der Weg, den ich vor der gestrigen Mondwende freigeschaufelt habe, wieder zugeschneit – und bei der morgigen Mondwende wird es nicht anders sein.«

Mürrisch blicke Syn wieder auf die gegenwärtige Arbeit. Lyn hatte versucht, die Tonkrüge zu bemalen, die lyn vor dem Einsetzen des Schneegestöbers hergestellt hatte. Unzufrieden legte Syn den Kopf schief und betrachtete das Blumenmuster auf einem Krug. Es gefiel lyn nicht. Viel zu grob. Syns Meister hätte lyn dafür beschimpft, doch von Narruz hatte lyn sich schon seit mehreren Sternenleuchten getrennt. Es war nötig gewesen, denn schließlich hatte es in Narruz' Dorf nicht genug Arbeit für sie beide gegeben. Trotzdem vermisste Syn den merkwürdigen Kauz manchmal. Lyn vermisste es, wie Narruz bei der Arbeit immer schief gesungen hatte und, dass er lyn angenommen hatte, wie lyn war. Ihm brauchte Syn nicht zu erklären, dass lyn keine Frau und kein Mann war. Stattdessen hatte er von den Lyandraden berichtet, die sich alle dem Konzept von männlich und weiblich entzogen und das durch Namen und Anreden deutlich machten. Deshalb hatte Syn den eigenen Namen auch so verändert, dass er in das lyandradische Muster passte. Das mochte in lyns Heimat niemand bemerken, aber für lyn war es wichtig gewesen.

Auch vermisste Syn, dass Narruz Verständnis hatte – sie teilten dasselbe Schicksal. Sie beide konnten Magie gewinnen, und das hatte sie zu Verschworenen gemacht.

Hier in lyns neuen Zuhause, dem Dorf Koart, fühlte sich Syn einsam. Lyn war die einzige Person, die Magie gewinnen konnte – was nicht verwunderlich war, denn Magiegewinnende waren selten. Zwar war lyn damit wichtig für das Dorf, aber auch gleichzeitig ausgestoßen. Mit solchen Leuten wollte die allgemeine Bevölkerung nichts zu tun haben. Sie tuschelten hinter Syns Rücken, sahen lyn beim Sprechen nicht an und versuchten alles, um mit lyn so wenig Kontakt wie möglich zu haben.

»Sie genießen die Vorteile der Magie, aber sie wollen nicht wissen, wie sie gewonnen wird. Die Drecksarbeit, die ist für uns«, hatte Narruz immer gesagt. Und Syn konnte ihm nur zustimmen. Aber was blieb lyn anderes übrig, als die Arbeit zu verrichten, die für lyn vorgesehen war? Es schien nun mal gegeben zu sein, dass Magiegewinnende ihre Arbeit erbrachten und nichts außer einen spärlichen Lohn dafür bekamen.

Gerade als Syn spürte, wie sich dunkle Gedanken anschlichen, sich um lyns Hals legten und zudrückten, klopfte es an der Tür.

Lyn blickte auf und blinzelte. Hatte lyn richtig gehört? Doch wer sollte ...? Gerade bei lyn ... und noch dazu bei diesem Wetter ...

Es klopfte erneut. Kein Zweifel. Syn hatte sich nicht verhört. Trotzdem verharrte lyn noch auf der Bank, wollte nicht aufstehen und nicht wissen, wer zu Besuch kam. Besuch verhieß meistens nur Arbeit – und von der Arbeit hatte lyn genug. Hatte Syn nicht erst vor Kurzem alle magischen Gefäße für das Sternenleuchten erneuert? Lyn war sich sicher, kein Gefäß vergessen zu haben. Schließlich hatte diese Aufgabe mehrere Mondwenden gedauert. Was konnte also wieder jemand von lyn wollen?

Vielleicht geht die Person ja weg, wenn ich mich ganz still verhalte. Vielleicht sieht es dann so aus, als wäre ich nicht da, überlegte Syn und wusste gleichzeitig, dass die Vorstellung Unsinn war – schließlich stieg Rauch aus dem Schornstein. Und das war eigentlich immer ein Zeichen, dass Syn zu Hause war.

Es klopfte ein drittes Mal.

»Valevenkacke!«, fluchte Syn und stand auf. Anscheinend gab die Person vor der Tür nicht auf. Lyn musste sich ihr also stellen. Tjor, wie immer in der Nähe, folgte lyn zur Tür. Syn atmete tief durch und sagte sich selbst: »Es ist ganz einfach: Mach die Tür auf, frage, was die Person von dir will, und mach die Tür wieder zu! Das bekomme ich doch hin, oder?« Dabei wandte Syn sich an den Hund, der lyn ruhig aus seinen braunen Augen ansah. Um lyns Aufregung zurückzudrängen, fuhr Syn über Tjors Fell und vergrub die Hand darin. Lyn sollte die Tür öffnen, denn es klopfte wieder. Das Geräusch hörte sich dabei nicht ungeduldig, aber doch hartnäckig an. Lyn würde reden müssen. Dem konnte lyn nicht ausweichen – so sehr lyn auch wollte.

Also holte Syn nochmals tief Luft und öffnete die Tür ein Stück. Kälte schlug lyn entgegen, stach ins Gesicht und kroch unter die Kleidung.

»Ah, zum Glück seid Ihr Zuhause. Ich hatte schon Angst, umsonst gekommen zu sein!«, rief die Person vor lyn fröhlich aus.

Syn blinzelte und musterte den Besuch. Es war eine kleine Person – sie war sicher kaum größer als Syn selbst -, doch sie trug einen teuren und für das Wetter eindeutig zu dünnen Mantel. Dunkle Locken wehten in ein rotverfrorenes Gesicht.

Was wollte sie hier?

Als Syn auf den Ausruf von lyns Gegenübers nicht reagierte, sagte dieses mit einer leichten Verbeugung: »Es tut mir sehr leid, Syn von …«

Die Person stockte und Syn ergänzte: »Syn de Narruz.«

Warum lyn weder den eigenen Geburtsort nannte noch den Namen von lyns Eltern, konnte allen anderen getrost egal sein. Narruz hatte schließlich angeboten, dass lyn seinen Nachnamen verwenden konnte. »Ich bin stolz auf dich und sehe dich vielmehr wie mein eigenes Kind denn als eine Person, die ich nur ausgebildet habe«, hatte er damals bei ihrem Abschied gesagt. Und seitdem führte Syn diesen Namen mit Stolz. Erinnerungen an früher, an die Zeit vor lyns Lehrjahren, hatte Syn verschlossen – tief in sich, in der Truhe, in der all die Erinnerungen aufbewahrt wurden, die nicht vergessen werden konnten, aber an die sich Syn trotzdem nicht erinnern wollte.

Gleichzeitig war Syn nervös, weil lyn die Reaktionen auf lyns Namen kannte. Wenn es gut lief, dann war es Verunsicherung, sonst herrschte Unverständnis und Ablehnung vor. Namensformen für Menschen, die sich nicht eindeutig männlich oder weiblich einordneten, waren in Vandrulis einfach zu selten – und in einem so abgelegenen Dorf sowieso kaum bekannt.

Tjor schien lyns Anspannung zu spüren, denn sein Nackenfell stellte sich auf und er knurrte leise. Lyns Gegenüber schien erst jetzt den großen Hund zu bemerken, doch statt, wie die Leute aus dem Dorf, vor Tjor zurückzuschrecken, ging er in die Knie und hielt ihm seine Hand hin.

»Du bist ein toller Hund. Beschützt du das Haus?«, fragte die Person und sah von unten wieder zu Syn auf, während Tjor die Hand misstrauisch beschnupperte. »Was ich sagen wollte, Syn de Narruz: Es tut mir leid, dass ich mich nicht vorgestellt habe. Ich war so froh, dass Ihr geöffnet habt und habe deshalb meine Erziehung vergessen.« Nun stand die Person auf und führte eine umständliche Verbeugung vor. »Darf ich mich vorstellen? Ich bin Aeduellodru Hairi Bereremox. Aber Ihr dürft mich gerne Adai nennen, das machen alle – und es wäre leichter gewesen, wenn meine Eltern nicht so eine Vorliebe für lange Namen hätten.«

Adai lachte verlegen auf, während Syn sich versteifte und nur unterbewusst am Mittelnamen registrierte, dass lyn einen Mann vor sich hatte.

Bereremox ... So hieß der lokale Adel. Syn spürte, wie sich ein Schatten auf lyns Stimmung legte, als lyn daran dachte, wie oft lyn schon vor den Toren von deren Anwesen abgewiesen worden war. Nicht einmal einen Blick hatten die feinen Leute auf lyns Töpferwaren werfen wollen. Was wollte also ein Bereremox hier? Das konnte nur Ärger bedeuten, oder?

Lyn räusperte sich und trat einen Schritt zurück. Ein Mitglied dieser Familie konnte schlecht in der Kälte stehen gelassen werden. »Nun, dann tretet ein, Aeduellodru Hairi Bereremox. Draußen ist es doch zu kalt, um sich in Ruhe zu unterhalten.«

»Vielen Dank!«, antwortete der Besuch, während er eintrat und Tjor ihn passieren ließ. »Und wie gesagt: Adai reicht vollkommen. Damit fühle ich mich wohler.« Wieder lächelte er, doch Syn hielt nur die Hände hin, um ihm den Mantel abzunehmen. Lyn legte diesen über einen Stuhl und bedeutete Adai, sich hinzusetzen.

»Der Mantel ist doch sehr dünn«, konnte sich Syn einen Kommentar nicht verkneifen, als lyn sich Adai gegenüber niederließ. »Habt Ihr nicht bedacht, dass es seit Tagen schneit?«

Mit einem verwunderten Gesichtsausdruck legte Adai den Kopf schief. »Ja, da habt Ihr recht. Ich habe nicht daran gedacht, dass es so kalt sein könnte, wenn ich hierherkomme. Den Mantel finde ich nur besonders schön. Ihr nicht?«

Syn zog kurz die Augenbrauen zusammen, beschloss, diese Aussage als »Adelsgeschwätz« zu verordnen, und fragte dann:

»Und warum habt Ihr euch in die Kälte herausgetraut und seid bis zu mir gekommen?«

Adai beugte sich vor, und Syn beobachtete ihn aufmerksam. Lyn hatte gelernt, auf die kleinen Anzeichen bei Menschen zu achten. Ihre Körpersprache konnte verraten, was nun als Nächstes von lyn gewollt wurde. Diese jahrelange Übung hatte geholfen, besser mit anderen reden zu können. Syn setzte sich gerader hin, um Aufmerksamkeit zu signalisieren. Lyns Anspannung wuchs – wie immer, wenn eine Situation unsicher war. Kurz wünschte lyn sich, die Tür nicht geöffnet zu haben, doch nun ließ sich daran nichts mehr ändern. Einen Adligen hinauszuschmeißen, konnte Syn sich nicht leisten – selbst wenn das Dorf lyns Arbeit brauchte.

»Nun, ich wollte, um Hilfe bitten«, sagte Adai und lächelte wieder. Er schien generell sehr viel zu lächeln, stellte Syn fest, während das eigene Gesicht unbeweglich blieb. Machten das alle Adligen? Syn konnte sich nicht erinnern, jemals einen von ihnen aus der Nähe gesehen zu haben – nur bei Paradeumzügen, die sich lyn mit Narruz angesehen hatte, waren mal welche auf Pferden vorbeigezogen.

»Es ist ja bald Sternenleuchten …«, setzte lyns Gast erneut an und wartete ab, bis Syn nickte.

Ja, das stimmte. Bald war das höchste Fest in Vandrulis, mit dem eine neue Sternenkreiszählung beginnen würde. Mehrere Tage würde das Fest dauern.

»Und für das Sternenleuchten möchte ich einer Person, die mir sehr am Herzen liegt, etwas ganz Besonderes schenken«, fuhr Adai fort.

»Und was habe ich damit zu tun? «

Wieder lächelte er. »Ich möchte ein Feenglas verschenken«, rief er begeistert aus und klatschte in die Hände.

»Was? «

»Oh, das tut mir leid, vielleicht habe ich mich nicht klar ausgedrückt. Ich möchte zum nächsten Sternenleuchten ein Feenglas verschenken«, wiederholte Adai, doch Syn hatte ihn verstanden. Sehr gut sogar. Aber lyn begriff den Inhalt der Worte nicht.

»Und warum?«, brachte lyn schließlich heraus und schluckte hart gegen ein flaues Gefühl an, das sich in lyns Magen ausbreitete – wie immer, wenn über die Feengläser gesprochen wurde.

Adai legte kurz den Kopf schief, dann antwortete er: »Magie ist für uns alle sehr wichtig, richtig? Und was gibt es da Besseres, als ein Feenglas zu verschenken. Mir ist die Person sehr wichtig, und das will ich damit zeigen. Außerdem ... sind sie sehr schön ... Es ist ein wundervoller Anblick, wenn die Feen blau im Glas leuchten.«

Syn starrte ihn wortlos an. Lyns Gesicht regte sich nicht, doch lyns Gedanken kreisten wild. War das sein Ernst? Ein Feenglas war kein Gegenstand, der einfach verschenkt werden konnte! Ohne das Glas und damit ohne die Magie darin würden viele der Annehmlichkeiten wegfallen, die den Alltag erleichterten, und die Menschen mussten wieder härter arbeiten – wie damals vor zweihundert Jahren. Außerdem ... Außerdem bedeutete ein Feenglas auch immer Leid. War ihm das nicht bewusst? Natürlich nicht ... Nur die Magiegewinnenden wussten, wie Magie eingefangen wurde.

Wir wissen, woher die Magie kommt und warum sie wertvoll ist. Alle anderen fragen nie nach. Warum sollte es sie scheren, woher ihr Luxus kommt und wer dafür leiden muss?, dachte Syn bitter.

Adai sah lyn abwartend an, und Syn fiel auf, dass er mit seinen Händen im Schoß spielte. War er etwa nervös? Bisher hatte lyn das nicht wahrgenommen. Aber woher sollte lyn wissen, ob diese Geste auch bei Adai für Nervosität sprach? Menschen hatten unfassbar viele Ausdrucksformen für ähnliche Gefühle.

Die Gesprächspause zog sich länger, wurde unangenehm und schließlich räusperte sich Syn und sagte: »Damit kann ich leider nicht dienen. Feengläser sind einzig und allein für den Einsatz in der Arbeit gedacht. Sie sind kein Spielzeug und kein Geschenk. So wurde es gesetzlich vor zweihundert Jahren von den Göttern der Hauptstadt Falavain festgelegt, als entdeckt wurde, wie Magie gewonnen wird. Das Gesetz bestimmt, wer wann wie viel Magie gewinnen darf und zu welchen Zwecken die Feengläser eingesetzt werden ... doch das müsste Euch bewusst sein.« Syn stoppte den Vortrag und räusperte sich, bevor lyn noch hinzusetzte: »Ich glaube, Ihr müsst Euch ein anderes Geschenk überlegen.«

Gedanklich ergänzte lyn die Worte noch um: *Und natürlich regelt das Gesetz auch die gesellschaftliche Stellung der Magiegewinnenden. Aber da wir in der Unterzahl sind, ist das allen anderen egal.*

Der junge Adlige schluckte mehrmals, und Syn vermeinte kurz Angst, Nervosität und vielleicht etwas Wut zu sehen. Aber diese Regungen waren so schnell verschwunden, dass lyn sich auch getäuscht haben könnte.

»Überlegt es Euch doch bitte nochmals«, begehrte Adai auf. »Ich brauche dieses Geschenk wirklich.«

»Ihr solltet doch genug Möglichkeiten haben, ein anderes gutes Geschenk zu finden, und wie gesagt: Mir sind vom Gesetz her die Hände gebunden«, gab Syn zurück und verschränkte die Arme vor der Brust.

Adai schüttelte vehement den Kopf. »Nein, es muss das Feenglas sein.«

»Warum?«

Er blickte nach unten, dann sah er Syn fest in die Augen. Sie erinnerten an Bernstein. »Darüber möchte ich nicht reden. Ich kann Ihnen nur sagen, dass es das Feenglas sein muss. Nur dieses und kein anderes Geschenk kann es sein. Wegen des Gesetzes müsst Ihr Euch keine Sorgen machen. Ich werde alle Verantwortung übernehmen. Das können wir vertraglich festhalten.« Dann löste er einen prall gefüllten Lederbeutel von seinem Gürtel und legte ihn zwischen Syn und sich auf den Tisch. »Ich bezahle auch gut«, betonte er noch.

Syn brach den Blickkontakt ab. Es war lyn unangenehm, eine Person solange anzusehen, und deshalb sah lyn auf den Beutel. Er war eindeutig voll. Aber ... war es Gold, Silber oder nur Kupfer oder Nickel?

Als hätte Adai lyns Gedanken gelesen, öffnete er den Beutel ein Stück, und Syn konnte Goldglanz sehen. Lyns Hals wurde trocken. *So viele Goldstücke könnte ich in einem halben Jahr nicht verdienen ..., nein, in einem ganzen Jahr! Was könnte ich damit alles machen?* Kurz brach Syns Vorsatz, den Gast einfach zurückzuschicken. Die Versuchung war beinahe zu groß, doch dann erinnerte lyn sich wieder daran, was es hieß, es Feenglas zu befüllen. Das Gesetz schreckte lyn nicht ab – es war vielmehr die Arbeit an sich. Rasch schüttelte lyn den Kopf, um sich wieder zur Besinnung zu bringen.

Adai schien zu denken, dass diese Geste ihm galt, und sagte: »Reicht es nicht? Ich kann noch mehr Goldstücke darauflegen. Ich bin bereit, jeden Preis zu zahlen.«

Syn runzelte die Stirn. *Was ist ihm so wichtig, dass er unbedingt ein Feenglas will ...?*, fragte sich lyn. War das alles nur die Spielerei eines Adligen? Aber was sollte es lyn angehen? Lyn hatte einen Entschluss gefasst, und daran war nicht rütteln.

»Aber die Herstellung und die Befüllung eines Feenglases braucht sieben Mondwenden. Deshalb werde ich es kaum rechtzeitig zum Fest schaffen«, erklärte Syn. Damit würde er doch aufgeben, oder? Das war ein verständliches Argument, das nichts mit Befindlichkeiten zu tun hatte. Es war logisch und einsehbar – und genau auf diese Art von Argumenten mussten Menschen doch hören, oder? Emotionalität sollte in der Abwägung von Entscheidungen keine Rolle spielen, fand Syn.

Doch lyns Gegenüber schüttelte den Kopf und lächelte wieder. »Das ist kein Problem. Ich bin mir sicher, dass wir es irgendwie rechtzeitig schaffen. Wir haben ja noch acht Mondwenden.«

Syn runzelte die Stirn. »Und woher wollt Ihr wissen, dass es klappt?«

»Ich habe keine andere Möglichkeit. Ich muss ein Feenglas verschenken, und Ihr seid weit und breit die einzige magiegewinnende Person. Ich muss also darauf bauen, dass Ihr es hinbekommt«, erklärte Adai.

Enttäuscht schüttelte Syn den Kopf. Was hatte lyn erwartet? Das waren alles nur leere Phrasen. Lyn sollte das Gespräch langsam zum Abschluss bringen und deutete deshalb zur Tür.

»Ich denke, dass das Gespräch beendet ist. Ihr solltet gehen, bevor der Schneesturm noch schlimmer wird.« Syn hoffte, bestimmter zu klingen, als lyn sich fühlte. Lyn hasste Auseinandersetzungen. Sie waren anstrengend, und Syn wusste nie, wie lyn sich verhalten sollte. Meistens eskalierte die Auseinandersetzung schnell, da lyn zu viele falsche Annahmen über den anderen gemacht hatte.

Adai wurde zwar nicht laut, aber er ging auch nicht. Stattdessen ließ er seinen Blick über den Tisch und die Töpferware gleiten.

Nachdenklich sagte er: »Ihr stellt auch anderes her als Feengläser, richtig? Ich erinnere mich, dass unsere Wachen berichtet haben, dass eine hausierende Person mehrmals vor unseren Toren stand – bisher wurde sie immer weggeschickt.«

Syn versteifte sich bei den Worten, doch Adai schien es nicht zu bemerken. Er nahm einen Teller mit kleinen Vögeln in die Hand und begutachtete ihn von allen Seiten. Am liebsten hätte Syn ihn ihm abgenommen, doch lyn hielt sich zurück. Einzig lyns Fingernägel vergruben sich in lyns linken Arm, bis es schmerzte.

Adai fuhr fort: »Diese andere Ware sieht sehr schön aus. Ihr stellt auch Gläser für Getränke her, richtig? Ich könnte mir vorstellen, dass die Familie Bereremox bereit wäre, Euch solche Waren abzunehmen und sie auch bei anderen Adelsfamilien anpreisen kann, wenn Ihr mir helft – natürlich zusätzlich zu dem Gold, das ich schon angeboten habe.«

Syn presste lyns Lippen zusammen. *Was für ein mieser Trick! Aber ... wäre es nicht einen Versuch wert?*, fragte sie sich selbst. Die Unabhängigkeit von den Feengläsern rückte auf diese Weise näher. Und das war ein Wunsch, den lyn schon lange hatte.

»Und Ihr könnt mir das garantieren? Ihr scheint mir nicht in der Lage zu sein, solche Versprechungen zu machen. Das kann schließlich nur das aktuelle Oberhaupt der Familie«, wandte Syn ein, denn etwas in lyn zweifelte und wollte konkrete Sicherheiten.

Behutsam stellte Adai den Teller hin und sah Syn wieder an, wobei lyn seinen Blick mied. Leichthin antwortete er: »Das wird kein Problem sein. Aber natürlich wollt Ihr eine Versicherung – das kann ich gut verstehen.« Mit diesen Worten stand er auf. »Ich werde morgen vorbeikommen und sowohl einen Vertrag mit der Unterschrift meines Vaters mitbringen als auch einen, der regelt, dass ich alle Schuld auf mich nehme. Ihr müsste euch keine Sorgen machen, Ihr werdet unter meinem Schutz stehen.« Er lächelte Syn an. »Ich freue mich sehr, dass Ihr zugestimmt habt!« Mit diesen Worten knöpfte er seinen Mantel zu.

Syn öffnete den Mund, um zu widersprechen und brachte nur perplex heraus: »Aber das Glas müsst Ihr selbst herstellen, und … und Ihr müsst mich begleiten, wenn ich das Glas befülle!«

Adai stockte kurz, dann lachte er. »Dann hoffe ich, dass Ihr mir dabei helfen könnt. Ich habe nämlich in beidem keine Erfahrung.«

Er verbeugte sich, während Syn noch stotterte: »Aber … ich habe doch noch nicht …« Doch die Tür war schon hinter Adai zugeschlagen.

Seufzend vergrub Syn den Kopf in die Hände. Was war das gewesen? Es fühlte sich an, als hätte ein Schneesturm im Zimmer getobt und nur Chaos hinterlassen.

Ein warmer Kopf legte sich auf lyns Knie, und Tjor sah lyn an. Gedankenverloren streichelte Syn ihn. »Was habe ich da nur getan, Tjor? Ich habe doch gar nicht zugestimmt, oder? Ich hatte doch nur wissen wollen, ob es vielleicht funktioniert ... Aber er war so schnell ... Und jetzt? Muss ich ihm jetzt helfen, obwohl ich nicht will? Ich wollte doch vor dem Fest keine Gläser mehr befüllen ...«

Lyn fluchte. Waren das Gold, das immer noch auf dem Tisch lag, und die Geschäfte es wirklich wert, diese Arbeit zu machen? Schließlich würde Syn sich deswegen während des Sternenleuchtens schrecklich fühlen, während dieser Adlige einfach feiern könnte.

»Feenkotze«, stöhnte Syn. »Was habe ich mir da nur eingebrockt?«

Feengläser

»Vielleicht habe ich mir alles ja nur eingebildet. Was meinst du, Tjor?«, sagte Syn am nächsten Morgen und blickte dabei hoffnungsvoll zu dem großen schwarzen Hund, der es sich wie immer vor der Feuerstelle gemütlich gemacht hatte. Tjor blinzelte träge, und Syn zuckte mit den Schultern. Hatte lyn wirklich eine Antwort erwartet? Lyn kannte den Hund doch: Am liebsten schlief er. Nur in der warmen Zeit streifte er gerne durch den Wald. Solange es draußen jedoch kalt war, würde Syn ihn nicht vor die Tür bekommen – also nicht mehr als nötig.

»Wenigstens hat es aufgehört zu schneien«, murmelte Syn und stellte mal wieder fest, wie seltsam es war, mit sich selbst zu reden. Lyns Stimme hallte viel zu laut in lyns Ohren, und immer erwartete lyn eine Antwort, die aber nicht kam. Es war beinahe ein bisschen einsam. Vielleicht sang Narruz deshalb immer, wenn er arbeitete?

Lyn stöhnte auf: »Ich werde noch genauso verschroben wie er!« Um sich nicht weiter mit sich und der eigenen Einsamkeit beschäftigen zu müssen, stand Syn auf, streckte sich und wollte sich gerade ans Tageswerk machen, als es an der Tür klopfte. Lyn erstarrte kurz und murmelte leise: »Bitte nicht ...«

Trotzdem ging lyn zur Tür – schließlich hatte Syn von gestern gelernt, dass sich der mögliche Gast nicht einfach abwimmeln ließ. Die Situation auszusitzen, war also nicht möglich.

Kurz atmete Syn tief durch, dann öffnete lyn die Tür. *Und es ist doch kein Traum gewesen*, ging es lyn durch den Kopf, während Adai lyn anlächelte. Er trug wieder viel zu dünne Kleidung, wie Syn auffiel. Lyn trat jedoch einfach zur Seite und ließ ihn wortlos ein.

Adai begrüßte Syn und Tjor, der sich sogar von ihm kraulen ließ, obwohl er sonst Abstand von fremden Menschen nahm. Dann sagte er: »Ich habe den Vertrag und die Unterschrift meines Vaters. Damit ist unser Geschäft besiegelt und Ihr helft mir, oder?«

Syn streckte die Hand aus und wartete ab, bis Adai die Papiere aushändigte. Aufmerksam las lyn sie, aber es gab keine Zweideutigkeiten. Es war alles aufgelistet, was Adai gestern versprochen hatte. Lyns Hand zitterte. Konnte lyn wirklich ...? War es das wert?

Es wäre eine Möglichkeit. Vielleicht ... Vielleicht kann ich mit dem Geld auch bis zu Narruz reisen und ihn besuchen. Es ist ja nur ein Feenglas. Ein Glas mehr oder weniger, was macht das aus?, versuchte sich Syn zu beruhigen, doch das schlechte Gewissen blieb. Es flüsterte lyn zu, dass es sehr wohl einen Unterschied machen würde. Es sagte: ›Was ist währenddessen? Bist du wirklich glücklich, wenn du ein neues Glas befüllst? Du weißt, was das bedeutet.‹

Aber war es nicht lyns Aufgabe, die Feengläser zu befüllen? Die Gottheiten hatten ihnen allen ein bestimmtes Schicksal zugedacht, und bisher hatte Syn sich nicht dagegen gewehrt – schließlich wollte lyn nicht nach Falavain, der fliegenden Stadt und dem Sitz der Götter, gebracht und verurteilt werden. Warum sich also jetzt wegen eines Glases sträuben? Es konnte lyn schließlich egal sein, warum ein Adliger ein Feenglas wollte. Warum sollte lyn sich über ihn Gedanken machen?

›Weil es dich belasten wird‹, sagte lyns Gewissen. Syn schwankte weiter. Vor sich sah lyn einen Abgrund und balancierte auf einer schmalen Felskante – egal auf welcher Seite lyn abstürzen würde, lyn würde fallen. Es blieb nur die Frage, welcher Aufprall am Ende der härtere wäre …

Ein Räuspern ertönte und riss Syn aus den Gedanken. Überrascht blickte lyn auf. Adai sah zu lyn, schien lyn sogar schon eine Weile beobachtet zu haben, denn er sagte: »Ich störe ja ungern beim Nachdenken, doch ich wollte nachfragen, ob wir nun mit der Arbeit beginnen können? Ich bin bereit.« Bei diesen Worten lächelte er wieder.

Syn presste die Lippen zusammen und spürte, wie lyn rot wurde. Es war wieder passiert. Immer wieder verlor Syn das Zeitgefühl, wenn lyn sich Gedanken über Menschen machte und Situationen zu verstehen versuchte. Lyn hasste es, wenn das passierte, aber noch schlimmer war es, wenn anderen das auffiel.

Um lyns Verlegenheit zu überspielen, stellte Syn sich gerade hin und stützte die Hände in die Hüften. »Nach langer Überlegung, denke ich, dass ich helfen werde. Schließlich übernehmt Ihr die Verantwortung für alles«, sagte lyn und fuhr fort, bevor Adai antworten konnte: »Doch wie ich gestern gesagt habe: Ihr müsst das Glas selbst herstellen – sonst können wir es nicht befüllen. Die letzten Feengläser habe ich für das Sternenleuchten benutzt und noch keine neuen hergestellt.«

Kurz schien Sorge über Adais Gesicht zu huschen, doch sie war so schnell wieder verschwunden, dass sich Syn erneut nicht sicher war, ob lyn diesmal richtig gesehen hatte. Lyns Gegenüber war einfach zu schwer zu lesen. Das war beunruhigend, denn lyn hasste es, wenn Menschen nicht einzuordnen waren. Wie sollte lyn so mit ihnen kommunizieren? Die Menschen blieben undurchdringliche Masken, die Syn nicht verstehen konnte.

Lyn schob diese Gedanken beiseite und sah Adai abwartend an. Dieser hatte den Kopf schief gelegt und fragte nach: »Und das ist wirklich notwendig?«

Syn nickte. »Ja. Ich sehe keinen anderen Weg. Für ein Feenglas ist nun mal ein Glas nötig.«

»Aber ... darin habe ich keine Erfahrung.«

»Habt Ihr schon ein anderes Handwerk ausprobiert?«

Adai wirkte unsicher, und Syn führte aus: »Habt ihr schon mal einen Stoff gewoben oder etwas getöpfert oder aus Holz geschnitzt. So was eben.«

»Nein. Ich ... Ich habe mich in meiner Ausbildung auf das Schreiben und die Studien des Handelswesens konzentriert.«

Syn seufzte auf und zuckte mit den Schultern. »Nun ... Ihr habt keine andere Wahl. Was macht Ihr jetzt? Das Glas herstellen, oder es sein lassen? Mir ist es gleich.«

Lyns Gegenüber schüttelte rasch den Kopf und versuchte, erneut zu lächeln. »Natürlich werde ich es nicht sein lassen. Ich möchte schließlich das Feenglas zum Sternenleuchten verschenken. Also«, mit diesen Worten streckte er Syn die Hand entgegen, »bin ich in eurer Obhut. Bitte leitet mich an, ein Glas herzustellen.« Er zwinkerte lyn zu.

Kopfschüttelnd winkte Syn ab und sagte: »Lasst uns loslegen. Aber bei mir in der Werkstatt gibt es einige Regeln.« Lyn zählte diese mit erhobenem Zeigefinger auf: »Wir lassen die lästigen Höflichkeitsfloskeln. Die behindern nur das Arbeiten. Einverstanden?«

»Natürlich. Ihr ... also du kannst mich Adai nennen ... Wie ich gestern schon gesagt habe«, bot Adai an.

»Syn«, sagte Syn nur und musterte den Adligen. Seine Garderobe konnte sicher in seinen Kreisen als elegant beschrieben werden, doch für ihre Zwecke war sie definitiv unpassend.

Lyn fuhr also mit ihrer Aufzählung fort: »Und Regel zwei: Mit dieser Kleidung kommt niemand in meine Werkstatt. Du musst dich umziehen. Ich werde dir meine Sachen leihen.«

»Ist das wirklich notwendig?«, druckste Adai, doch Syn blieb hart. Lyn hatte sich nun dafür entschieden, ein Glas herzustellen und wollte sich nicht mit Problemen aufhalten, die die Arbeit verlängerten. Gedanklich war lyn schon mehrere Schritte weiter. Deshalb sagte Syn, während lyn eine Truhe öffnete und darin kramte: »Natürlich ist es das, oder willst du deine Sachen dreckig machen?«

»Das ist es nicht, aber ...«

»Außerdem brauchst du sowieso eine Schürze und Handschuhe, um dich vor der Hitze zu schützen. Da macht es keinen Unterschied, ob du dich auch sonst umziehst. Und wenn wir dann ...« Syn tauchte aus der Truhe auf und hielt abschätzend ein Hemd hoch. Es war nicht mehr ganz sauber und an den Ärmelenden ausgefranst, doch für die Arbeit sollte es ausreichen.

Lyn legte begutachtend den Kopf schief und meinte: »Das müsste passen.«

Adai seufzte auf und verzog das Gesicht. Er wirkte unglücklich, doch Syn verstand nicht warum. Was war so schlimm daran, die Kleidung zu wechseln? Es war doch schließlich besser, wenn er seine guten Stoffe sauber hielt.

Vielleicht ist er es nicht gewohnt. Er scheint generell wenig mit den Händen zu arbeiten. Oder in adligen Kreisen wird mit einem solchen Problem ganz anders umgegangen ..., überlegte Syn und versuchte einfühlsamer zu sein, auch wenn lyn das schwer fiel. »Wie wäre es damit, dass du nur das Hemd wechselst und die Hose anbehältst. Das ist doch ein Kompromiss, oder?«

Langsam nickte Adai und nahm das Hemd von Syn entgegen. Dann sah er das Hemd an. Syn war sich unsicher, doch lyn hatte das Gefühl, dass Adai noch etwas sagen wollte. Aber ... warum sprach er es nicht aus?

Schließlich räusperte sich Adai und aus ihm platzen die nächsten Worte heraus, als hätte er sie schon viel zu lange mit sich herumgetragen: »Ich mag es nicht, die Sachen von anderen Menschen anzuziehen oder mich bei anderen umzuziehen, denn mein Körper sieht vielleicht weiblich aus, aber ich bin ein Mann. Und, und ...« Er brach ab und senkte den Blick.

Syn spürte, dass es ihm unangenehm war, darüber zu reden, und hatte damit zum ersten Mal das Gefühl, eine Person wirklich zu verstehen. Ging es lyn als Lyandrade nicht genauso? Kannte lyn nicht die Ablehnung und Verwunderung?

Beide schwiegen eine Weile – Syn, weil lyn nicht wusste, was lyn sagen sollte, und Adai, der verkrampft auf eine Antwort wartete.

Dann sagte Syn: »Ich verstehe.« Das meinte lyn weder positiv noch negativ. Lyn verstand Adai einfach, doch dieser setzte zu einer Erklärung an: »Ich weiß ... Ich weiß, dass das vielleicht nicht oft vorkommt und ich wei...«

»Du musst nichts erklären«, unterbrach ihn Syn. »Ich verstehe, wie es ist, wenn der Körper nicht zu dem passt, wer du bist. Du wirst es an meinem Namen gemerkt haben, dass ich keine Frau und kein Mann bin. Ich verstehe dich, und es ist in Ordnung, wenn du dir Sorgen machst. Ich werde dich zu nichts zwingen, was du nicht willst.«

Adai wirkte bei diesen Worten unglaublich erleichtert. Er lächelte und nickte. »Danke«, sagte er schlicht. Dann sah er sich suchend um. »Wo soll ich mich umziehen?«

Syn war verwundert, dass Adai nun doch seine Kleidung wechseln wollte, und deutete auf eine unscheinbare Tür. »Dort kannst du reingehen. Da ist mein Schlafraum.«

Während Syn den Tisch aufräumte, überlegte lyn: *Viele Menschen haben Probleme damit, sie selbst sein zu können. Es geht nicht nur mir so, sondern auch anderen. Das fühlt sich irgendwie neu an. Und doch ... irgendwie ist es beruhigend nicht allein zu sein, und es macht mich ein bisschen froh, dass Adai es mir gesagt hat. Ich bin mir unsicher, ob er das bei allen anderen auch macht.*

Gerade als lyn sich die Haare zusammengebunden hatte, kam Adai zurück. Das Hemd spannte etwas und an den Ärmeln war es zu kurz, aber sonst schien es zu passen, auch wenn Adai es immer wieder zurechtzupfte.

»Bereit?«, fragte Syn, und Adai nickte. »Dann komm.«

Mit diesen Worten führte Syn den jungen Mann aus dem Haus heraus, um es herum und öffnete die schiefe Werkstatttür. Für das Haus hatte lyn sich vor allem entschieden, weil es eine Werkstatt hatte – und weil es weit entfernt von Koart lag. Die Werkstatt war zwar heruntergekommen, doch für lyns Arbeit reichte es. Laut den Menschen aus dem Dorf hatte das Haus einmal einer Kräuterfrau gehört, aber diese war wohl vor langer Zeit gestorben. Trotzdem wurde über sie geflüstert, und dass Syn dort lebte, ließ die anderen nur noch mehr Abstand nehmen.

Bei diesen Gedanken spürte lyn, wie die alte Wut über das Benehmen der Leute wieder aufzusteigen drohte. die Wut, die immer größer werden konnte und die lyn manchmal würgte, wenn Syn sich besonders bildlich an die geflüsterten Worte und die schiefen Blicke erinnerte, die beim direkten Kontakt Angst zu verschleiern suchten. Doch Syn schaffte es, dieses Gefühl gehen zu lassen.

Obwohl lyn Teile der eigenen Arbeit nicht mochte, liebte lyn den handwerklichen Teil. Syn entzündete ein paar Kerzen, gab Adai die schwere Schürze und Handschuhe und schürte das Feuer. Es dauerte lange, bis es zu lyns Zufriedenheit brannte. Für lyn war diese Prozedur wichtig. Es stimmte lyn auf die Arbeit ein, erdete und ließ lyn die Möglichkeit, alle störenden Gedanken und Sorgen vor der Tür zu lassen.

Heute jedoch fühlte lyn Adais Blicke im Rücken. Eigentlich war die Werkstatt ein Ort, an dem Syn allein Syn sein konnte.

Lyn musste sich nicht anpassen, nicht versuchen, so wie alle anderen zu sein – doch jetzt war da noch jemand anderes. Es fühlte sich beinahe an, als wäre Adai ein Störenfried, dabei schwieg er und ließ lyn wenigstens die Zeit mit dem Feuer.

Schließlich seufzte lyn, noch immer nicht ganz im Einklang mit der neuen Situation, und bemerkte, dass Adai nicht wusste, was seine Aufgabe war. Zu sehr hatte die Routine Syn umschlungen. Diese gab Halt. Trotzdem ärgerte es lyn ein bisschen, dass lyn deshalb den Gast vergessen hatte.

Also richtete Syn sich auf und wandte sich an Adai, der schon die Schürze angelegt hatte. »Ich werde dich anleiten und die schwierigen Handgriffe übernehmen. Den Rest machst du – es ist ja auch dein Geschenk.«

»Schaffe ich das auch?«, fragte Adai.

Syn zog die Augenbrauen zusammen. Diese Frage hatte lyn sich bisher gar nicht gestellt, aber ... »Ich denke schon«, gab lyn zurück, »so habe ich auch bei meinem Meister gelernt. Am Anfang machst du vielleicht Fehler, aber das macht alle ersten Stücke aus.«

Adai lächelte vorsichtig. »Dann bin ich bereit!«, sagte er.

Syn verschwendete kein weiteres für lyn unnützes Wort und fing mit den Erklärungen an: »Wir werden mit Glasrohlingen beginnen. Die habe ich vor einer Weile schon angefertigt, um sie zu verarbeiten. Als Erstes müssen wir das Glas aufheizen und dafür nehmen wir das hier ...« Lyn deutete auf eine Zange und wies Adai an, wie er das Glas ins Feuer legen und überwachen sollte, bis es die richtige Temperatur zur Weiterverarbeitung haben würde.

Langsam färbte sich das Glas röter und bald hatte es den richtigen orangefarbenen Ton.

»Nun«, erklärte Syn, während Iyns Hände die Bewegungen wie von selbst ausführten, »werden wir das Glas blasen.«

»Blasen?« Adai wirkte skeptisch. »Wo soll geblasen werden?«

Syn drehte ein metallenes Rohr gleichmäßig im Kreis. Das heiße Glas hatte sich am Ende des Rohres gesammelt. »Du wirst, wenn ich gleich das Glas hierrüber bringe, in das Rohr blasen – so stark du kannst. Ich werde dir helfen und das Glas mit der Zange formen.«

»Ist das nicht gefährlich?«

Adai trat einen Schritt zurück. Syn wiegte den Kopf unbestimmt hin und her. Natürlich konnte man sich verbrennen, aber war nicht jede Art von Arbeit gefährlich? Wurde ein Tisch hergestellt, konnte man sich dabei schneiden. Beim Brotbacken war der Ofen heiß, und beim Mehlmahlen verloren viele ihre Hand am Mühlstein. Arbeit war nichts, was nur aus Spaß bestand, sondern was getan werden musste – für die Gemeinschaft und das eigene Überleben.

Syn sah Adai aus den Augenwinkeln an und überlegte: *Aber er hat eine solche Arbeit noch nicht ausgeführt. Kein Wunder, dass ihm nicht wohl bei dem Gedanken ist. Bisher hat er sicher nur seine Schreibstube gekannt. Ist es nicht ein bisschen eintönig so aufzuwachsen?*

Lyn enthielt sich jedoch eines Kommentares und antwortete auch nicht auf Adais Frage – was hätte lyn auch sagen sollen? Die Wahrheit wusste der junge Mann selbst und mehr gab es nicht zu reden. Schließlich waren sie nicht da, um ein Gespräch zu führen, sondern um das Feenglas fertigzustellen.

Außerdem hatte das Glas jetzt die richtige Konsistenz und sollte weiterverarbeitet werden. Nun galt es, nicht lange zu zögern und zu diskutieren, sondern zu formen und zu erschaffen – den Teil der Arbeit, den Syn am liebsten mochte.

Also fragte lyn: »Bereit?«

»Also ich weiß nicht ... Können wir nicht noch mal darüber ...«, fing Adai an, doch Syn nahm das Glas aus dem Feuer und drehte es in Richtung Werkbank.

»Und jetzt am anderen Ende blasen und währenddessen drehst du das Rohr ... Mehr ... Du musst mehr blasen ... Nicht so schüchtern, sonst wird das nie was!«, herrschte Syn Adai an.

Dieser stand am anderen Rohrende. Seine Wangen färbten sich rot, während er sein Bestes tat.

Syn verdrehte die Augen. Der Luftstrom war nicht gleichmäßig und auch drehte Adai das Rohr nicht. So würde kein schönes Glas herauskommen. Syn würde wahrscheinlich noch ein bisschen mehr Arbeit übernehmen müssen. Und so begann Syn das Rohr zu drehen. Die Zange hielt lyn in der rechten Hand und formte den Hals des Glases aus.

Lyn hatte schon viele Feengläser hergestellt. Es war das Erste, das ihr Narruz beigebracht hatte. Damals hatte lyn nicht geahnt, was der Sinn des Feenglases war und wie sehr lyn alle Arbeitsschritte heute hassen würde – allein, weil Syn wusste, was am Ende mit den Feen passieren würde. Lyn erledigte die Glasherstellung mechanisch und versuchte, dabei nicht an die nächsten Schritte zu denken. Um alles, was folgte, konnte Syn sich später sorgen.

Adai war dabei sogar hilfreich. Syn musste sich so auf ihn und seine Versuche konzentrieren, dass alle lästigen Gedanken in eine kleine Ecke ihres Kopfes gedrängt wurden und sich nicht mehr heraustrauten.

Ob es Narruz mit mir auch so ergangen ist? Hat es ihm geholfen nicht an das Danach zu denken, sondern mich anzuleiten?, frage sich Syn während lyn Adai nochmals sagte, dass er sich mehr anstrengen solle. Vielleicht hatte Narruz lyn deshalb aufgenommen: um seine eigene Last zu vergessen und sie danach mit einer anderen Person zu teilen. Vielleicht brauchten alle Magiegewinnenden einen solchen Menschen – nur gab es nicht genügend, welche die notwendigen Fähigkeiten hatten, sodass dieses Handwerk nicht vielen weitergeben werden konnte.

Adai und Syn arbeiteten größtenteils schweigend – nur unterbrochen von Syns kurzen und barschen Anweisungen. Sie brauchten länger für das einzelne Feenglas als Syn allein für zwei oder drei, doch lyns unfreiwilliger Helfer tat sein Bestes, um sein Glas fertigzustellen.

Wie immer, wenn lyn Glas- oder Töpferwaren herstellte, vergaß lyn die Zeit. Wie hinter einem dünnen Vorhang verbarg sie sich. Dieser Vorhang hob sich erst in dem Moment, in welchem Syn vom hergestellten Stück aufblickte und feststellte, dass die Sonne schon unterging und lange Schatten die Werkstatt bevölkerten.

Auch heute war es nicht anders. Syn versuchte, aus Adais Fähigkeiten das Beste herauszuholen, und als lyn schließlich das Glas in einem Wasserbottich abkühlte, sah lyn durch den Rauch des abkühlenden Glases, dass es in der Werkstatt schon sehr dämmrig war.

»Wir haben doch länger gebraucht, als gedacht«, murmelte Syn durch das Zischen im Wasserbecken. Adai schien das nicht gehört zu haben. Er stützte sich an der Werkbank ab und wischte sich mit dem Ärmel über sein verschwitztes Gesicht. Seine Beine zitterten vom durchgängigen Stehen, und um die Nase herum wirkte er ein bisschen blass. Syn sah ihn kurz anerkennend an: Er hatte wirklich den ganzen Tag durchgehalten. Damit hatte lyn nicht gerechnet, hatte erwartet, dass Adai irgendwann Hunger bekommen wurde - doch er hatte sich nicht beschwert.

Nachdenklich betrachtete Syn das gemeinsame Werk. Das Glas war nicht gleichmäßig und wies ein paar Einschlüsse auf, aber ... es war für eine erste Arbeit annehmbar.

Er hat sich wirklich Mühe gegeben. Ich hätte nicht gedacht, dass er das durchzieht, wenn er mitanpacken muss. Wer auch immer das Geschenk bekommt, muss ihm wichtig sein, überlegte Syn und spürte kurz einen Stich in der Brust. Ein Gedanke wollte aus seiner Ecke hervorkriechen, doch lyn verbannte ihn wieder und sagte stattdessen über die Schulter gewandt: »Dann haben wir das Glas fertig.«

»Wirklich? Kann ich es ansehen?« Adai beugte sich aufgeregt über lyns Schultern. Syn konnte seinen Atem am rechten Ohr spüren. Lyn räusperte sich und rückte ein Stück ab. »Ich denke, dass du es dir morgen ganz ansehen kannst. Heute sollte es noch abkühlen.«

»Ach so ... und ich dachte, dass wir schneller wären. Ich möchte das Glas unbedingt verschenken.« Adai schien enttäuscht. Sein Haar hing ihm unordentlich in die Stirn. Syn biss sich auf die Unterlippe. Eigentlich hatte lyn nicht vorgehabt, ihm zu helfen, doch irgendwie tat er lyn leid. Er hatte sich angestrengt und etwas gemacht, von dem er keine Ahnung gehabt hatte – das hätte sich Syn nicht getraut. Lyn sollte nicht, aber ...

Syn seufzte auf und sagte: »Da das Glas fertig ist, werde ich den Verschluss allein machen. Das ist komplizierter, und ich denke, dass du schon gut mitgeholfen hast.«

»Habe ich das?«, fragte Adai und strahlte. Syn nickte nur kurz und begleitete ihn aus der Werkstatt. Irgendwie fühlte lyn sich nach dem Angebot unwohl. Es kribbelte in lyn – ein unangenehmes und doch gleichzeitig angenehmes Gefühl.

Zurück in im Haus – Tjor begrüßte sie mit einem müden Schwanzwedeln – erklärte Syn: »Also ... wenn ich den Verschluss mache, dann musst du morgen nicht kommen. Den Tag danach brechen wir auf zu der Stelle, an der ich die Feen gesehen habe. Dafür solltest du dir dicke Kleidung mitnehmen. Es wird sicher ein Marsch von drei Mondwenden hin und drei zurück.«

»So lange?«, wollte Adai wissen, der vorsichtig Syns Hemd zusammenlegte.

Syn nickte kurz angebunden. Lyn hoffte sehr, dass lyns Gast nun gehen würde, denn die Erschöpfung kroch langsam hoch. Zu lange war lyn mit einer anderen Person zusammen gewesen und wollte sich jetzt einfach ausruhen – allein mit Tjor die Stille genießen.

Adai schien zu bemerken, dass er keine weitere Antwort bekommen würde. Zum Abschied wandte er sich auf dem Absatz nochmals um und sagte mit gesenkten Lidern: »Ich hoffe, dass meine Arbeit in Ordnung war. Ich weiß, dass ich darin keine Erfahrung habe und dir Arbeit gemacht habe, aber ... aber es hat mir Spaß gemacht. Es ist etwas anderes, etwas mit den Händen zu erschaffen. Ich werde das nicht vergessen. Danke! Und auch danke ... für das Verständnis. In zwei Mondwenden bin ich wieder da!« Dann lächelte er verschmitzt. »Und dann mit praktischerer Kleidung!« Mit diesen Worten verschwand Adai und hinterließ nur einen kalten Windhauch. Syn starrte ihm einige Augenblicke nach, bevor lyn sich müde in den Sessel vor dem Feuer fallen ließ. Langsam schlossen sich lyns Augen.

Im Schnee

Den nächsten Tag verbrachte Syn damit sich zu fragen, ob lyn nicht zu harsch zu Adai gewesen war. Er war schließlich ein Adliger und da musste lyn aufpassen. Diese konnten schnell etwas persönlich nehmen. Syn hatte schon von einer Gerichtsverhandlung gehört, bei welcher ein Bauer verurteilt wurde, weil er einen Adligen kritisiert hatten.

Hoffentlich nimmt er mir das nicht übel. Ich kann es mir nicht leisten, ihn zu verärgern. Klar, ich wollte kein Feenglas herstellen, aber da war ich ja noch freundlich. Doch wenn ich arbeite ..., dann achte ich nicht darauf, wie ich sein sollte, sondern bin, wie ich bin ..., überlegte Syn verbissen, während lyn an dem Verschluss arbeitete. Egal, was lyn versuchte, lyns Gedanken konnten sich nicht von diesem Thema losreißen. Sie kreisten darum, wie ein Adler um einen Hasen – nur dass der Hase diesmal Syns Seelenfrieden war.

Warum war lyn auch, wie lyn war? Warum fiel es lyn so schwer, sich an die Gepflogenheiten anderer Menschen anzupassen? Syn hatte oft das Gefühl, dass es anderen Menschen leichtfiel, miteinander zu reden und sich zu verstehen. Für lyn war das eher so, als würde lyn jedes Mal durch eine Höhle mit Valeven schleichen und versuchen, keine aufzuwecken, da lyn sonst gefressen werden würde.

Manchmal sehnte sich Syn nach einer Gemeinschaft, die keine Fragen stellte, sondern alles so hinnahm, wie es war. Ob dies wohl in den anderen autonomen Regionen möglich war? Schließlich bestimmte jede der Regionen um die Hauptstadt Falavain ihre eigenen Regeln. Es gab nur ein paar Grundregeln, die überall galten, beispielsweise dass die Gebote der Götter nicht missachtet werden durften. Sonst gab es keine Vorschriften für die autonomen Regionen. Schon öfter hatte sich Syn gewünscht, Vandrulis den Rücken zu kehren und woanders hinzugehen. Doch die Grenzkontrollen waren hart, und nur Handelsreisende oder wichtige Offizielle konnten hinaus.

Wiederholt hatte sich Syn ausgemalt, dass es beispielsweise in Lykien – dem Zuhause der Lyandraden –besser war. Gab es vielleicht andere Regionen, die besser mit Magiegewinnenden umgingen als die Leute hier? Selbst Narruz hatte davon nichts gewusst – und die Sehnsucht in Syn nach einer Besserung wuchs weiter.

Die Herstellung des Deckels war vergleichsweise einfach. Syn benutzte, wie es lyns Meister gezeigt hatte, eine Art

Metallkappe, die später durch Harz verschlossen werden würde – dies konnte aber erst nach dem Befüllen geschehen, denn ein weiteres Öffnen des Glases war nicht vorgesehen. Stattdessen würde sein Inhalt, bis er aufgebraucht war, gefangen bleiben.

Und später, dachte Syn, während lyn sich das Glas vor die Augen hielt, *später wird das Feenglas und dessen Inhalt einfach weggeworfen werden. Das Glas kann nicht mehr verwendet werden, niemand kümmert sich mehr darum. Es landet auf dem Müll und wird vergessen.*

Lyn verzog das Gesicht, und ein bitteres Gefühl setzte sich fest. Menschen würden weiterhin Feengläser verwenden, denn sie wussten nicht (und wollten es auch nicht hören), welche Probleme die Gläser mit sich brachten. Sonst hätten sie sich selbst hinterfragen müssen.

»Menschen zum Nachdenken zu bringen, ist eine große Kunst. Jedenfalls hier in Vandrulis – wer weiß, ob sie sich nicht woanders mehr Gedanken um die Magie machen«, hatte Narruz immer wieder erklärt, als Syn zu Beginn noch versucht hatte, andere über die Feengläser aufzuklären. Irgendwann hatte lyn das aufgegeben und einfach gearbeitet, war abgestumpft und der Wunsch der Aufklärung war schließlich verschwunden.

Früh am Morgen kontrollierte Syn den Rucksack: Decken, Proviant, das vorsichtig verstaute und eingewickelte Feenglas, etwas Wechselkleidung. Lyn schien an alles Wichtige für die Wanderung gedacht zu haben. Also knöpfte lyn den dickgefütterten Mantel zu und sah zu Tjor. Der Hund hatte sich aufrecht abwartend neben die Tür gesetzt. Er wusste, dass sie sich heute auf den Weg machen würden. Wie immer schien er zu ahnen, dass dieser Tag besonders war. Woher er diese Gewissheit nahm oder ob er einfach Syns Aufregung mitbekam, konnte lyn nicht sagen.

Sanft strich lyn ihm über den Kopf. »Wir müssen noch warten, mein Freund«, sagte lyn. »Erst wenn unser Auftraggeber kommt, können wir los. Ich hoffe, dass er sich nicht zu sehr verspätet, denn der Weg ist weit und die Sonne scheint in diesen Tagen nur kurz.«

Tatsächlich mussten beide noch eine Weile auf Adai warten. Dieser kam erst zwei Stunden nach dem Untergang des Wintermondes. Er trug diesmal einen passenden Mantel und sogar eine Mütze auf dem Kopf, wie Syn zufrieden feststellte. Vielleicht hatte lyns Ratschlag ja etwas geholfen.

Mit vor Kälte rotem Gesicht blieb Adai vor Syn stehen. Lyn biss sich kurz auf die Unterlippe. Sollte Syn lyns Verhalten von vor zwei Mondwenden ansprechen? Eigentlich hätte lyn es am liebsten totgeschwiegen, aber lyn wusste nicht, ob es dann ihre gemeinsame Wanderung beeinträchtigen konnte.

Bevor Syn sich jedoch für etwas entscheiden konnte, fragte Adai aufgeregt: »Und jetzt gehen wir los? Ist das Glas fertig? Hast du einen Deckel geschaffen?«

Wortlos nickte Syn und setzte dann hinzu: »Wanderungen im Schnee sind gefährlich. Es kann gut sein, dass wir auf Schwierigkeiten stoßen. Bist du sicher, dass du die Reise antreten willst?«

Adai überlegte kurz, dann sagte er: »Danke für die Warnung. Mir ist das Risiko bewusst, und ich will es eingehen.«

Syn unterdrückte ein Seufzen. Lyn hatte wenigstens ein letztes Mal versucht, Adai von seinem Vorhaben abzubringen. Da war wohl nichts zu machen. Mit einem »Ja ... Dann wollen wir mal« setzte sich Syn in Bewegung und stampfte durch den Schnee. Adai folgte, während Tjor voorneweg lief und den Weg erschnüffelte.

Syn hatte das Gefühl, dass lyn die Chance, über lyns Verhalten zu reden, verpasst hatte. Also konzentrierte lyn sich darauf, nicht über im Schnee verborgene Wurzeln zu stolpern. Auch Adai sah sich nur interessiert um und schwieg.

Je weiter die drei in den Wald kamen, desto unberührter wurde der Schnee. Dieser hatte den Wald zugedeckt und alles gedämpft. Man hörte kein Rascheln und kein Knistern, sondern nur das regelmäßige Knirschen des Schnees unter ihren Füßen. Ab und zu brach irgendwo ein Ast oder ein Vogel flatterte auf. Manchmal erhaschten sie einen Blick auf die lautlose Fährte eines Rehs. Syn war froh um die Stille. Lyn mochte es, den Takt von lyns Füße zu hören und sich nur darauf zu konzentrieren, was um lyn herum passierte. Syns Kopf fühlte sich mit einem Mal sehr leer an – und das war angenehm, verglichen zu den vielen Gedanken, die sonst miteinander um lyns Aufmerksamkeit stritten.

Die Zeit versteckte sich wieder hinter dem dünnen Tuch, welches einfach durchtrennt werden konnte und gleichzeitig alles abschirmte. Syn fühlte sich fern von anderen Lebewesen und in lyns eigener kleiner Welt, die allein aus knirschenden Schritten im Schnee bestand.

Schließlich räusperte sich Adai, und Syn stellte erschrocken fest, dass lyns Begleiter fast in Vergessenheit geraten war – so sehr war Syn in sich gefangen gewesen.

»Wie ist denn unsere weitere Wegstrecke? Nicht, dass ich schon müde bin ... aber ich würde gerne wissen, wo wir lang gehen, damit ich mich darauf vorbereiten kann. Leider ist dieser Ausflug meiner erster, der mich allein so weit von zu Hause fort führt ...«, druckste Adai herum.

Syn konnte sein Bedürfnis der Planbarkeit verstehen. Lyn ging es auch oft so. Deshalb erklärte lyn: »Wir werden heute und morgen tiefer in den Wald gehen. Dabei kommen wir in Richtung des Zeretenberges. Diesen müssen wir zur Hälfte besteigen, denn in einem kleinen Tal zwischen diesem Berg und dem Jorengebirge, das dahinter liegt, ist unser Ziel. Ich hoffe, dass wir das in drei Tagen schaffen, sodass wir rechtzeitig zum Fest wieder zurück sind.«

Adai wiegte nachdenklich seinen Kopf hin und her. »Wir gehen aber keine ausgebauten Wege entlang, oder?«, wollte er schließlich wissen.

»Richtig. Wir halten uns nicht an die Hauptstraße. Diese wird uns nicht in das Tal bringen, denn das Tal«, hier sah Syn ihm kurz fest in die Augen, »ist kaum bekannt. Und selbst wenn ... selbst wenn es bekannt wäre ...«

Hier stoppte Iyn, und Adai beendete selbst den Satz: »Selbst dann bedarf es Magiegewinnender, um von Nutzen zu sein.«

Er blickte in den Himmel und meinte: »Deine Kraft ist schon etwas Besonderes. Dem Dorf und auch dem umliegenden Land ging es vor deinem Erscheinen schlechter. Wir mussten die Magie teuer einkaufen und konnten uns gerade das Nötigste leisten.«

Syn zuckte mit den Schultern. »So geht es vielen Dörfern. Nicht alle können sich Magiegewinnende leisten oder wollen sie überhaupt bei sich haben, denn unser Berufszweig ist nicht gerade beliebt oder weit verbreitet – vor allem, weil die Kenntnisse nicht vererbt werden können.«

»Das stimmt«, pflichtete Adai bei. »Niemand kann bisher sagen, an was es liegt, ob eine Person Magie gewinnen kann oder nicht. Aber ich bin mir sicher, dass sich das irgendwann ändert. Ich selbst möchte versuchen herauszufinden, woran es liegt. Wir wissen so wenig über die Magie – außer wie wir sie nutzen können.« Die letzten Sätze murmelte Adai fast und sah verlegen zu Boden.

»Du scheinst dich für Magie zu interessieren, dabei dachte ich, dass du dich eher mit Wirtschaft beschäftigt hast«, meinte Syn.

Lyns Begleiter seufzte auf. »Ja, das musste ich machen. Mein Vater wollte es so. Meine Leidenschaft ist jedoch die Erforschung der Magie, und ich bin mir sicher, dass ich mich dem auch irgendwann ganz widmen kann.« Nun strahlte er wieder, und auch Syn musste lächeln.

Bisher hatte lyn noch niemanden getroffen, der sich für die Ursprünge der Magie interessierte. Lyn selbst hatte sich auch keine Gedanken darum gemacht – schließlich war lyns Aufgabe nur, Magie zu gewinnen. Dieser neue Standpunk verwirrte lyn und machte lyn gleichzeitig neugierig. Er warf unbekannte Fragen auf.

Vielleicht, überlegte lyn, *ist er gar nicht so, wie ich ihn mir als Adligen im ersten Moment vorgestellt habe. Vielleicht …* Trotzdem blieb lyn skeptisch, denn … hatte lyn nicht gelernt, dass Menschen lyn oft enttäuschen können? Die meisten sahen auf Magiegewinnende herab, obwohl sie diese brauchten. In besonders einsamen Stunden drohte Wut über diese Ungerechtigkeit Syn zu überwältigen, bevor lyn in Tjors Fell Trost fand.

Adai hatte währenddessen weiter über Magie gesprochen. Syn unterbrach ihn und fragte nach: »Und deshalb das Feenglas?«

Er stockte und schüttelte den Kopf. Eine Art Vorhang schien sich über sein Gesicht zu legen, er verschloss sich und sagte schlicht: »Nein. Das Glas ist ein Geschenk zum Sternen-leuchten. Mehr möchte ich dazu nicht sagen.«

Syn presste die Lippen zusammen. Lyn hatte es schon wie-der getan. Schon wieder hatte lyn etwas gesagt, was nicht ge-sagt hätte werden sollen. Warum passierte das nur so oft?

Und darum sind Menschen so anstrengend. Deshalb bin ich viel lieber allein oder mit Tjor zusammen. Ich verstehe Menschen einfach nicht, dachte lyn.

Kurz gingen sie beide schweigend weiter, dann räusper-te sich Syn und sagte: »Ich hätte nicht fragen sollen. Dafür möchte ich mich entschuldigen. Auch wie ich mich bei der Glasherstellung benommen habe – so hätte ich nicht mit dir reden sollen, denn schließlich bist du ein Adliger.«

Adai blinzelte, dann lachte er. »Darüber hast du dir Gedan-ken gemacht?«, rief er aus, dann winkte er ab. »Da musst du dir keine Sorgen machen. Ich habe dir das nicht übelgenom-men. Du hast gesagt, was nötig war, damit ich richtig arbeite. Menschen sind, wie sie sind.«

»Wirklich?« Syn konnte den Worten gar nicht glauben. Hatte das außer Narruz schon mal jemand gesagt?

»Wirklich! Ich mache mir daraus nichts. Meine Mutter sagt immer, dass wir Menschen alle verschieden sind und des-halb unterschiedlich reagieren. ›Adai, du solltest nicht gleich beleidigt sein, nur weil andere etwas anders machen als du‹ – so sagt sie«, zitierte Adai mit erhobenem Zeigefinger. Dabei zwinkerte er lyn zu.

Syn schluckte. In lyns Bauch rumorte es. Was hatte das zu bedeuten? War es für Adai wirklich in Ordnung, dass lyn sich anders verhalten hatte? Lyn wusste nicht, wie lyn das einordnen sollte, aber lyns Wangen fühlten sich warm an und auch lyns Fingerspitzen kribbelten. Vielleicht war er tatsächlich nicht so, wie lyn gedacht hatte. Vorsichtig war trotzdem geboten. Man konnte ja nie wissen …

Langsam lächelte Syn lyns Begleiter an und hoffte, dass er lyns Erleichterung sehen konnte.

Adai grinste und deutete dann nach vorne zu Tjor: »Ist es in Ordnung, wenn der Hund so weit von uns wegläuft?«

Damit wandte sich ihr Gespräch Tjor und dessen Vorliebe für das Fährtensuchen zu. Syn nahm sich vor, über das merkwürdige Kribbeln und das warme Gefühl, das sich jetzt in lyns Magen ausbreitete, später nachzudenken – später, wenn lyn wieder allein war. Dann gab es dafür genug Zeit. Erstmal fühlte es sich an, als wäre lyn eine Last von den Schultern genommen worden.

Die ersten zwei Tage verliefen sehr ruhig. Syn und Adai kämpften sich die meiste Zeit durch tiefen Schnee, während Tjor mal die Spur eines Hasen, mal die eines kleinen Vogels verfolgte. Abends fanden sie Unterstände, die von Jagenden angelegt worden waren. Hier konnten sie geschützt schlafen.

Dank Syns Decken und ausreichendem Proviant musste auch keiner der beiden frieren oder hungern. Wenn es doch zu kalt wurde, dann spendete Tjor ihnen über Nacht Wärme.

Syn wusste nicht, wie es passierte, doch nach und nach hatte Iyn das Gefühl, dass die unsichtbare Mauer aus Verlegenheit, Ängsten und Annahmen über den anderen zwischen ihnen immer kleiner wurde. Sie war noch da, aber Syn und Adai konnten sich nun über sie hinweg zuwinken. Dies schlug sich in kleinen Gesten nieder. So hatte Adai nach der ersten Nacht kein Problem mehr, den festen Leinenstoff, den er sich um die Brust gebunden hatte, abzulegen. Er bat Syn dann nicht mehr, sich wegzudrehen. Und Syn auf der anderen Seite lernte, dass es in Ordnung war, Adai zu sagen, wenn Iyn nicht in der Stimmung war zu reden. Es war auch angenehm geworden, schweigend nebeneinander zu wandern und nur ab und zu die wichtigsten Gedanken auszutauschen.

Außerdem stellte sich Adai zu Syns Überraschung gut an. Er hielt Schritt und war selten aus der Puste, stattdessen schien er ihren Ausflug zu genießen. Seine Augen leuchteten und saugten die Umgebung beinahe auf.

Wahrscheinlich, überlegte Syn, *ist es für ihn einfach ein gro-ßer Spaß. Er hat ja schließlich gesagt, dass er nicht oft in die Natur kommt.*

Inzwischen wusste Syn mehr über Adai, weil dieser über Themen, die er mochte, sehr gerne sprach: Adais Lieblings-beschäftigung war es, über Magie zu reden, doch leider hatte sein Vater kein Verständnis dafür. Stattdessen vertraute ihm dieser nach und nach die Verwaltung des Gutes und der umliegenden Besitztümer an. Er hatte zwar noch zwei ältere Brüder, doch diese widmeten sich eher der Diplomatie zwischen den befreundeten Adelshäusern als den einfachen Geschäften der Familie Bereremox, wie Adai es ausdrückte. Syn konnte nicht einschätzen, ob er mit seinen Aufgaben zufrieden war oder nicht. Generell war es für lyn – obwohl lyn ihn nun ein bisschen besser kannte – schwierig, Adai zu lesen. Meistens gab er sich fröhlich und verschmitzt, doch manchmal hatte Syn das Gefühl, dass sich hinter seinem Lächeln mehr verbarg. Lyn konnte jedoch nicht herausfinden, was. Adai blieb unerklärlich – und das machte es zuweilen schwierig, mit ihm auszukommen. Lyn mochte es nicht, wenn Menschen eine Art Maske trugen. Wie sollte lyn sich denn auf lyns Gegenüber einstellen und mit ihm reden, wenn lyn es nicht verstand?

Trotzdem zollte Syn Adai Respekt, dass er so gut durchhielt. Lyn selbst war beim ersten Mal, als lyn den Weg gegangen war, sehr erschöpft gewesen. Adai schien jedoch eine sprühende Energie zu haben.

Syn wusste aber auch, dass der schwierigste Teil ihres Weges noch auf sie wartete. Durch den Wald konnten sie noch nach dem eigenen Tempo gehen und nach Bedarf Rast einlegen. *Doch sobald wir den Zereten besteigen, müssen wir über teilweise unwegsames Gelände klettern. Dann werden wir keine Hütten und Unterstände mehr finden, sondern hoffen müssen, dass wir an einem Tag hin- und zurückgehen können*, sagte sich Syn und zog die Stirn besorgt kraus, als lyn sah, wie der Himmel am dritten Tag ihrer Reise nicht wirklich hell werden wollte. Schon am Morgen war die Sonne nicht hervorgekommen, sondern alles blieb in graue Einsamkeit getaucht. Das war normal für diese Jahreszeit. Schließlich waren die Tage vor dem Sternenleuchten noch finster und wurden erst danach langsam wieder heller und angenehmer, bis schließlich auch der Schnee tauen und die Natur aus ihrem Schlaf erwachen würde – soweit das in einem Land wie Vandrulis, in dem immer ein kalter Wind wehte, möglich war.

Deshalb machte das Wetter Syn Sorgen. Auch Tjor wirkte unruhig, und Syn hoffte, dass kein Schneesturm auf sie warten würde.

»Dies ist einfach keine Jahreszeit, um einen Berg zu besteigen. Deshalb bin ich auch viel früher hier gewesen und habe die letzten Gläser befüllt«, brummelte Syn halblaut.

Adai, der lyn gehört hatte, fragte besorgt: »Aber wir werden es doch schaffen, oder nicht?«

Syn machte eine unbestimmte Geste. »Ich hoffe es. Wenn alles gut läuft, dann werden wir es heute zum Tal schaffen und abends wieder in diesem Unterstand sein. Wenn nicht ...« Lyn ließ eine bedeutungsvolle Pause. »Wenn nicht, dann müssen wir in einer Höhle übernachten, die ich bei meinem letzten Aufstieg entdeckt habe. Wir müssen das Wetter weiter beobachten. Sollte es anfangen zu schneien und der Wind weiter zunehmen, dann werden wir die Höhle aufsuchen und erst morgen weiterziehen.«

Lyns Begleiter schluckte sichtbar. »Dann hoffe ich, dass wir es schaffen. Sonst wären wir hinter unserem Zeitplan, richtig?«

»Der Zeitplan ist es nicht wert, dass wir uns in Gefahr begeben – auch wenn wir so zu spät zum Fest zurückkommen«, gab Syn zurück und ging in Gedanken den Weg zur Höhle durch.

»Aber ... ich bin mir sicher, dass wir es schaffen. Vielleicht wird das Wetter ja nicht so schlimm.« Adai gab sich optimistisch.

Darauf erwiderte Syn nichts, denn lyn wollte keine Hoffnungen zerstören, doch die Bedenken blieben. Tjors Verhalten zeigte deutlich, dass das Wetter im Umschwung war. Statt vor ihnen herumzustreunen, blieb er in ihrer Nähe. Immer wieder hob er die Schnauze und schnupperte in der Luft.

Er merkt, dass das Wetter sich ändert, dachte Syn.

Und die gehegten Befürchtungen bewahrheiteten sich: Sie waren gerade beim Aufstieg auf den Zereten, als es wieder zu schneien begann und der Wind zunahm. Nach und nach wurde ihnen die Sicht genommen.

Gerade waren sie an einer besonders engen Stelle, als Syn sich zu Adai umwandte und rief: »Wir werden zu der Höhle gehen. Es ist zu gefährlich. Weiter oben wird der Weg schmaler, und wir müssen mehr klettern. Das können wir nicht bei dem Wetter.«

Das Nicken von Adai konnte Syn verschwommen erkennen, sonst nahm der Schnee die Sicht. Lyn war froh, dass sicher war, dass Adai mit einem Seil an lyn befestigt war. Sonst hätte Syn ihn noch verloren.

Es ist nicht mehr weit bis zu der Höhle. Das schaffen wir, sagte sich Syn. Der Wind zerrte an Syns Haaren, als in der Ferne ein Grollen ertönte.

»Oh, bitte nicht«, murmelte Syn.

Und auch Adai schrie von hinten: »War das Donner?«

»Ja«, gab Syn zurück und merkte dann, dass die Worte vom Wind weggetragen wurden. Also nickte lyn, blieb stehen und versuchte mit zusammengekniffenen Augen, etwas zu erkennen. Doch die Sicht war so eingeschränkt, sodass lyn nur ein paar Armlängen weit sehen konnte. Stattdessen nahm der Schnee weiter zu, der Wind heulte, und es schien auch kälter geworden zu sein.

Es fühlte sich an wie …

Syn biss sich auf die Unterlippe und wollte eigentlich nicht das Wort formen, das lyn auf der Zunge lag, doch dann schrie sie Adai zu: »Wir beeilen uns. Zwar ist es nicht weit, doch das Schneegewitter nimmt zu.«

Die Augen lyns Begleiters weiteten sich, und Syn sah seine Lippen das Wort »Schneegewitter« formen. Kurz schien er zu wanken, sich vielleicht zu fragen, ob es die richtige Entscheidung gewesen war, auf das Feenglas als Geschenk zu bestehen, dann straffte er sich entschlossen. Mit einer Geste bedeutete er Syn weiterzugehen. Lyn stemmte sich gegen den Wind und rechnete damit, jeden Moment die Höhle zu sehen, denn sie konnte nicht mehr weit sein. Aber bei diesem Wetter ließen sich Entfernungen schlecht einschätzen.

Auch in lyns Kopf tobte ein Sturm. Bis jetzt hatte lyn es geschafft, die störenden Gedanken zu verbannen, zu ignorieren, doch nun kehrten sie mit voller Wucht zurück. In unterschiedlichen Stimmen schrien sie, dass es eine verdammt schlechte Idee gewesen war, sich auf Adai einzulassen, dass lyn hier sterben würde, dass lyn nur von selbstsüchtigen Gedanken geleitet wurde, dass alles, was lyn machte, keinen Sinn ergab und zum Scheitern verurteilt war.

Syn spürte, wie lyn immer tiefer in ein Loch gezogen wurde. Kurz keimte der Wunsch auf, einfach zwei Schritte nach rechts zu gehen, über den Rand des Grades. Dann wäre alles vorbei, dann müsste lyn nicht denken. Doch lyn kämpfte gegen diesen Gedanken an. Nur zu gut war er lyn bekannt. Immer wieder kroch er hervor und flüsterte, dass aufgeben doch das Leichteste war. Doch bisher hatte lyn nicht darauf gehört, und jetzt würde lyn nicht damit anfangen.

Es war Adai, der die Höhle zuerst sah. Er rüttelte an Syns Schulter, sodass lyn stehen blieb. Dann deutete er nach vorne und rief in lyns Ohr: »Da! Da vorne ist die Höhle, ... oder?«

Syn kniff die Augen erneut zusammen, und mit großer Anstrengung war durch das Schneegestöber ein schwarzes Loch zu sehen. Es schien unerreichbar weit von ihnen entfernt zu sein – viel weiter als gedacht -, doch wahrscheinlich waren es nur vier Armlängen.

»Ja, das ist es«, sagte Syn und setzte sich in Bewegung. Erleichtert betrat Syn die Höhle und sah zitternd nach draußen, wo der Sturm tobte.

»Wir sollten Feuer machen«, schlug Adai vor.

»Nein, das geht hier nicht. Der Rauch kann bei dem Wind nicht abziehen. Wir können nur deine Lampe benutzen, uns in Decken wickeln und hoffen, dass unsere Sachen trocknen«, widersprach Syn.

Adai erwiderte darauf nichts, doch ein Rascheln war zu hören, und kurz darauf wurde sein Gesicht gespenstisch von einer mit Magie betriebenen Lampe beleuchtet. Syn kannte diese Lampen – befüllte sie schließlich selbst –, und zum ersten Mal war lyn froh, dass es sie gab. Davor hatte sich lyn darüber geärgert, warum Menschen diesen Luxus brauchten und deshalb unnötig Magie benutzten – doch heute spendete die Lampe ihnen Licht, während draußen der Wind brüllte.

Syn tastete lyns Kleidung ab. Sie war nass und kalt, also begann lyn sich auszuziehen.

»Was machst du da?«, rief Adai verwundert aus.

»Wie gesagt: Wir müssen die nassen Sachen trocknen lassen und werden nur noch mehr frieren, wenn wir sie anbehalten. Das Beste ist, wenn wir uns mit der Decke einwickeln«, erklärte Syn.

Sobald Syn das Hemd auszog, begann lyn zu zittern. Rasch warf lyn sich die Decke über die Schultern und wandte sich dann Adai zu. Dieser stand wie erstarrt da und sah Syn an.

»Was ist?«, frage lyn und verstand nicht, wo das Problem lag. Es war besser, auf lyn zu hören, sonst konnte er ernsthaft krank werden.

Das wollte lyn auch gerade erklären, als Adai herumdruckste: »Nun ... ich ... Das war ein bisschen überraschend. Du weißt ja ... Ich ... habe es nicht so mit dem Umziehen.«

»Keine Sorge«, versuchte Syn einzulenken, begriff aber das Ausmaß des Problem nicht ganz. Bisher hatte Adai sich auch vor lyn ausgezogen - zwar nur das Hemd, aber war das eine großer Unterschied?

Syn setzte noch mal an und hoffte, Adai ein Gefühl der Sicherheit vermitteln zu können, sodass er sich nicht schlecht fühlen, aber gleichzeitig verstehen würde, warum es wichtig war, dass er die nassen Sachen ablegte. »Du musst keine Angst haben. Ich werde weder hinsehen noch etwas kommentieren. Du hast mir klar gemacht, dass das für dich schwierig ist, und das versuche ich zu verstehen. Ich möchte nur nicht, dass du krank wirst. Ich wickle mich einfach ein, und du lässt dir die Zeit, die du brauchst. Du kannst gerne auch die Decke nehmen, in der das Feenglas eingewickelt ist, wenn dir das hilft.«

Damit wandte Syn Adai den Rücken zu. Von ihm war nichts zu hören, und Syn vergrub die Fingernägel im Unterschenkel.

Habe ich etwas Falsches gesagt? Habe ich ihn vielleicht verärgert? Doch was hätte ich anderes sagen sollen? So eine Situation hatte ich noch nie. Wie hätte ich ihm helfen sollen?

Schließlich hörte Iyn ein Rascheln und nahm war, dass Adai die zweite Decke auspackte und das Feenglas vorsichtig auf den Boden stellte. Danach setzte er sich neben Iyn, und beide sahen schweigend in den Sturm hinaus, der scheinbar noch stärker geworden war. Sie konnten beinahe nur noch eine weiße Schneewand sehen.

Syn fragte sich, ob Iyn nun enttäuscht oder froh war, dass Adai in einer extra Decke neben Iyn saß. Eigentlich wäre es ratsam gewesen, sich gegenseitig zu wärmen, statt auf die Decken zu vertrauen, doch mochte Iyn es nicht, angefasst zu werden. Auch nicht von Narruz. Es war unangenehm – einzig Tjor durfte Iyn nah sein. *Aber warum sollte das bei Adai anders sein?*, fragte sich Syn und wusste keine Antwort darauf – nur der Wunsch, nicht allein unter der Decke sein zu müssen, blieb. Das war neu und verwunderlich, und Syn wusste nicht, wie Iyn damit umgehen sollte.

Tjor hatte sich währenddessen auf Adais und Syns Füße gelegt und wärmte sie. Dabei blieb er jedoch angespannt und wachsam, was Syn dem Schneesturm zuschrieb.

Hoffentlich dauert der Sturm nicht zu lange, wünschte sich Iyn.

Saskia Dreßler

Valevenkacke

Je länger sie beide nach draußen sahen, desto müder wurde Syn. Lyn versuchte, sich wach zu halten, und sagte schließlich: »Wir werden unseren Zeitplan wahrscheinlich nicht einhalten können.« Kurz zögerte lyn, dann setzte lyn noch hinzu: «Willst du das Glas immer noch befüllen?«

»Ja.«

Syn seufzte und murmelte: »Dann muss es für eine sehr wichtige Person sein.«

»Das ist es«, sagte Adai, der lyn gehört hatte. »Ich möchte das Glas der Person schenken, die mich so akzeptiert, wie ich bin, egal wie ich bin. Sie ist …« Er stockte kurz. »Sie ist sehr krank. Ich weiß nicht, wie viele Sternenleuchten sie noch erleben wird, und deshalb ist es mir wichtig, dass sie dieses Geschenk bekommt. Sie kann selbst nicht zum Fest und die Lichter und Sterne sehen, also soll das Fest zu ihr kommen. Kannst du das verstehen?«

Nach kurzem Überlegen sagte Syn: »Nein, ich denke nicht. Aber wahrscheinlich kann ich das einfach nicht einschätzen. Ich habe eine solche Person nicht. Mein Meister würde es nicht wollen, dass ich mich so in Gefahr bringe, und neben ihm gibt es niemanden. Außerdem ... ein Feenglas und die Magie darin können keine Krankheiten heilen. Ich hoffe, dass du das weißt und dir keine Hoffnungen machst.«

Sie schwiegen, bis die Stille zwischen ihnen unangenehm wurde und Syn nachsetzte: »Aber es ist sehr nobel von dir, dass du das für diese Person machst. Ich mag es nicht verstehen, aber ich nehme an, dass das Feenglas zeigen wird, wie wichtig dir diese Person ist.«

»Ich hoffe es«, flüsterte Adai. »Ich hoffe es.«

Egal, wie sehr Syn dagegen ankämpfte und wusste, dass es falsch war, - der Schlaf überwältigte lyn doch. Lyn spürte kaum, wie er angeschlichen kam und lyn langsam die Augen zudrücke. Nach und nach trat alles in den Hintergrund: der Sturm, Adai, lyns Gedanken, die nicht geordnet werden konnten. Lyn driftete weg ...

»Syn! Syn!« Ein raues Flüstern weckte lyn.

Verschlafen blinzelte lyn und sah sich um. Adai kniete vor lyn. Sein Gesicht war bleich, und am Rande bemerkte Syn, dass er sein Hemd wieder trug. Von draußen hörte Syn immer noch das Grollen des Windes. Der Sturm schien sich noch nicht gelegt zu haben.

Gerade als lyn fragen wollte, was los war, legte er einen Zeigefinger auf seine Lippen. »Pscht!«, wisperte er und deutete zum Höhlenausgang.

Im spärlichen Licht der Feenlampe sah Syn Tjor, der sich vor ihnen aufgebaut hatte. Sein Fell war gesträubt, und er knurrte.

»Ich glaube«, sagte Adai, »da draußen ist etwas.«

Bevor Syn weiter nachfragen konnte, sah lyn es selbst: Eine dunkle Silhouette zeichnete sich vor dem weißen Schnee ab – und sie kam näher.

Lyn handelte instinktiv, warf sich ein paar Kleidungsstücke über und schnappte sich lyns Sachen, während lyn sich in der Höhle umsah – doch nirgendwo war ein Versteck auszumachen. Es gab keine Steine oder Vorsprünge, die als Schutz dienen konnten, und die Höhle selbst endete nach gut zwanzig Schritten. Syn schluckte. Tief in lyn machte sich eine Ahnung breit. Sie kämpfte sich hoch und befeuerte lyns Gedanken, dass die ganze Wanderung eine ganz schlechte Idee gewesen war. Trotzdem versuchte lyn zu hoffen – zu hoffen, dass, was vor der Höhle stand, nicht das war, was lyn befürchtete.

Der Schatten wurde größer, und Adai und Syn konnten nun ein leises Grollen hören, dann trat das Wesen ein und Tjor begann zu bellen. Syns Gedanken standen still, bevor sie jede Einzelheit genau aufnahmen. Das Hoffen hatte nichts genützt.

Vor ihnen stand eine riesige Kreatur. Von Kopf bis Fuß war das Wesen mit dickem, weißem Fell bedeckt, das zottelig herunterhing. An manchen Stellen hatte das Fell Löcher, und rotes nacktes Fleisch war zu sehen. Die Schnauze der Kreatur war langgezogen mit unsagbar vielen spitzen Zähnen. Die orangenen Augen funkelten wütend. Auf dem Kopf trug das Tier das Geweih eines Hirsches, nur dass es bei ihm um einiges größer und verzweigter war. Das Wesen fixierte die zwei Menschen und den Hund. Sein tiefes Grollen ließ den Boden erbeben.

»Eine Valeve«, hauchte Syn. Lyns Körper begann, unkontrolliert zu zittern. Auf keiner Wanderung war lyn bisher einer Valeve begegnet, sodass lyn angenommen hatte, dass es sie in dieser Umgebung nicht gab – doch das war nur eine Täuschung. Lyn konnte sich nicht rühren, während in lyns Kopf alle Geschichten über Valeven durcheinanderschrien. Nach manchen Sagen waren sie die Beschützenden des Waldes und der Magie, nach anderen waren sie das Böse selbst, und wieder andere berichteten davon, dass Valeven verwandelte Menschen waren. Syn hatte bisher nur angenommen, dass sie Tiere waren, die kurz vor dem Aussterben standen und lyn ihnen deshalb nicht begegnet war, doch diese Valeve war lebendig und schritt langsam auf sie zu.

Den Hund beachtete er gar nicht. Sein Blick war auf die beiden Menschen gerichtet, und beinahe hatte Syn das Gefühl, einen nur allzu menschlichen Ausdruck darin zu sehen.

Lyn wandte sich an Adai, wollte ihn etwas fragen, wollte reden. Sie brauchten einen gemeinsamen Plan – ohne diesen wusste lyn nicht, wie sie agieren sollte. Pläne waren alles. Sie halfen, um den Tag anzugehen. Situationen, die plötzlich eintraten, überforderten.

Doch bevor lyn etwas sagen konnte, öffnete die Valeve die Schnauze und brüllte – so laut, dass Syn sich die Ohren zuhielt. Dann passierte alles ganz schnell: Tjor sprang und verbiss sich in das Bein der Kreatur. Adai versuchte, sich dem Wesen zu nähern. In der Hand hielt er einen Dolch und zielte auf die Valeve.

Und Syn?

Syn saß da und starrte. Lyn wusste nicht, was zu tun war. Es war zu schnell, zu ungeplant, zu … zu viel.

Die Valeve hatte keine Probleme, sowohl den Hund als auch Adai in Schach zu halten. Knurrend hielt er beide auf Abstand, während sich diese wehrten und ihn in die Flucht zu schlagen versuchten.

Steh auf. Steh auf und mach etwas, schrie sich Syn selbst in Gedanken an. Was sollte lyn machen? Was war lyns Aufgabe?

Die Unwissenheit lähmte lyn. Allein die Angst ließ lyns Glieder zittern. Warum passierte das jetzt? Und warum lyn? Warum hatte lyn sich von Adai zu der Wanderung breitschlagen lassen? Lyn hätte ablehnen sollen, dann wäre das nicht passiert. Lyn hätt...

Ein Aufjaulen riss Syn aus den abwärts kreisenden Gedanken. Tjor wurde von der Valeve weggeschleudert und landete

an einer Felswand. Winselnd rappelte er sich auf, schwankte
ein bisschen und versuchte, sich gleich wieder in den Kampf
zu stürzen. Aber er kam nicht an die Valeve heran. Auch Adai
konnte keinen Treffer landen.

Wie kann ich helfen? Wie kann ich helfen? Wie kann ich helfen?

Diese Frage pochte in Syns Kopf bis etwas klar wurde: Was
beide brauchten, war eine Ablenkung. Syn konnte nicht kämp-
fen, doch die Valeve abzulenken, war eine Möglichkeit.

Aber der Plan war leichter gefasst, als in die Tat umgesetzt.
Syn musste sich mehrmals selbst befehlen aufzustehen, bevor es
klappte. Währenddessen war Adai den Pranken seines Gegners
zweimal nur knapp entkommen. Als Syn aber endlich stand,
war kein Platz mehr für Zweifel. Die Angst war immer noch
da – sie ließ lyn an lyns Mut zweifeln –, doch Syn hatte ein
Ziel, und dieses wollte lyn umsetzen. Also hob lyn die Arme
und schrie: »Hey! Du hast mich vergessen!«

Die Valeve sah zu Syn. Einen Moment trafen sich ihre Blicke, und Syn erschauderte. Wieder bekam lyn das Gefühl, dass
lyns Gegenüber mehr verstand, als von einem Tier angenommen wurde. Es erschien nicht wirklich als eine wütende Bes-
tie, es schien eine Aufgabe erfüllen zu wollen. Syn spürte, wie
etwas nach lyn tastete, lyn berührte und tief in lyns Innerstes
eindrang. Lyn erschauderte und blickte weg. Der Moment war
vorüber, und die Valeve stapfte auf lyn zu.

Syns Mund wurde trocken. Jetzt hatte lyn seine Aufmerksamkeit, und nun? Lyn hoffte, dass Adai und Tjor schnell han-

delten, denn in der engen Höhle war ein Ausweichen kaum möglich. Die Valeve ließ sich Zeit. Aus den Augenwinkeln sah Syn, wie sich Adai aufrappelte und Tjor zum Sprung ansetze. Lyn ging einen Schritt rückwärts und stolperte über den Rucksack. Syn fiel. Ein stechender Schmerz fuhr durch lyns ausgestreckte rechte Hand. Es klirrte.

Die Valeve knurrte, doch es lag nichts Triumphierendes darin. Es wirkte eher traurig. Er stand nun vor Syn und beugte sich hinab. Wieder blickte er lyn fest in die Augen. Der fremde Geist tastete erneut nach lyn und hielt lyn fest. Tjor sprang und verbiss sich im Bein der Kreatur, und auch Adais Klinge fuhr auf das Wesen herab, aber das Fell hielt den Angriffen stand.

Syn tastete über den Boden und versuchte, etwas zu finden. Schließlich spürte lyn etwas Rundes, Kühles. Ohne nachzudenken, warf lyn es der Valeve ins Gesicht. Die Feenlaterne traf ihn am Auge, prallte davon ab und zerbarst klirrend auf dem Boden. Kleine blaue Lichter schwebten nun frei durch die Höhle und hinterließen tanzende Schatten bis sie, eines nach dem anderen, langsam erloschen und nur noch das karge Licht von draußen die Höhle beleuchtete.

Die Valeve grunzte und blickte den blauen Lichtern hinterher. Einen Moment hatte Syn das Gefühl, dass Wiedererkennen in den Zügen der Kreatur aufblitze. Dann knurrte sie erneut, hob das rechtes Bein und trat auf das Glas ein, bis nur noch kleine Stücke übrig waren. Erneut brüllte sie, sah Syn nochmals fest an, schüttelte Tjor ab, als wäre dieser eine störende Fliege, drehte sich um und stampfte in den sich legenden Schneesturm hinaus. Seine dunklen Umrisse wurden bald verschluckt – nur eine dünne Spur aus Blut deutete noch auf den Kampf hin.

Syn saß wie erstarrt da. Lyns Geist war wieder allein, verstand nicht, warum die Valeve da gewesen war. Wenn die Höhle sein Winterschlafplatz gewesen wäre, dann wäre er doch nicht einfach gegangen. Ging es etwa um …? Syn sah auf die Glasscherben. War das sein Ziel gewesen?

Wie betäubt nahm lyn wahr, dass sich Adai vor lyn hinkniete und lyn sorgenvoll ansah.

»Bist du verletzt?«, fragte er.

Syn wollte schon den Kopf schütteln, als lyn der Schmerz in der rechten Hand bewusst wurde. Langsam sah lyn sie an. In der Handinnenfläche steckten kleine Glasscherben, und Blut lief den Arm entlang. Nach und nach kehrte der Schmerz als scharfe Stiche zurück. Adai begann, sich um lyns Hand zu kümmern, während Tjor sich an Syn herankuschelte. Auf den ersten Blick schien ihm nichts passiert zu sein. Adai würde ein blaues Auge von seinem Kampf mitnehmen, aber sonst wirkte auch er in Ordnung.

Doch das Feenglas ist kaputt. Und die Lampe auch. Beides ist kaputt, und das ist meine Schuld, wurde Syn klar. Und lyn war froh, dass der Schmerz in der Hand lyn ein bisschen von dem dumpfen Gefühl ablenkte, das sich in lyn ausbreitete.

»Was meinst du, warum … warum er da war?«, fragte Syn nachdenklich.

Adai antwortete, den Blick weiterhin auf lyns Hand gerichtet: »Wegen des Glases, so scheint es mir jedenfalls. Ich kann das natürlich nicht mit Gewissheit sagen, denn dazu gibt es zu wenig Informationen über Valeven, aber dieser hier schien ein klares Ziel zu haben.« Er seufzte schwer und setzte mit belegter Stimme hinzu: »Damit endet unsere Reise wohl. Wir haben kein Glas und damit auch keine Möglichkeit, Magie hineinzufüllen. Es war alles umsonst. Ich hätte ... Ich hätte gar nicht auf die Idee kommen sollen, das zu versuchen.« Adai strich sich über das Gesicht und schloss kurz die Augen. Sein rechter Mundwinkel zuckte.

Syn biss sich auf die Unterlippe. Der Schleier, der sich auf lyn gelegen hatte, verschwand. Lyn fühlte sich wieder wach. Die Kälte der Höhle und der Kampf kamen lyn unwirklich klar vor.

Lyn musterte Adai, der es vermied, lyn anzusehen. Seine Miene konnte Syn schwer lesen, aber lyn meinte, dass er enttäuscht war. Das Glas und die Person, die er beschenken wollte, schienen ihm sehr viel zu bedeuten. Syn rang sich zu einem »Du hast aber gut gekämpft« durch.

Adai verzog die Lippen zu einem freudlosen Lächeln. »Das ist das Verdienst meines Vaters. Er wollte, dass ich die Grundlagen in der Kampfkunst beherrsche. Wer hätte gedacht, dass sie mir wirklich einmal helfen würden.«

Beim letzten Splitter, den Adai herauszog, musste Syn scharf Luft holen. Lyns Gedanken stritten immer noch miteinander, aber lyns Gefühl sagte, dass lyn an das Richtige dachte, auch wenn noch ein paar Zweifel übrig blieben. Adai hatte versucht, Tjor und lyn zu verteidigen. Er hatte alles klaglos mitgemacht und Syn bisher nichts übelgenommen. Vielleicht ... Vielleicht hatte er es ja wirklich verdient ... Dennoch konnte lyn sich nicht dazu durchringen, etwas zu sagen. Stattdessen begutachtete lyn Adais geschwollenes Auge, tastete Tjor auf Verletzungen ab und sammelte zusammen mit Adai alles ein, was aus dem Rucksack gefallen war.

»Es sieht so aus, als könnten wir heute noch den Rückweg antreten«, meinte Adai und spähte nach draußen. Der Sturm hatte sich gelegt auf beinahe wundersame Weise – als wäre er nur dafür da gewesen, sie beide in die Höhle zu treiben, sodass sie mit der Valeve zusammentreffen konnten. Für ausgeschlossen hielt Syn das nicht, denn irgendwas ... irgendwas war anders an dieser Kreatur gewesen. Warum war sie gegangen, als das Glas zerstört war? Hatte sie Syn etwas mitteilen wollen? Und war es wirklich die Valeve gewesen, die sich in lyns Gedanken gebohrt hatte? Und wenn nicht ... Was war es sonst gewesen?

Egal, wie lyn es drehte und wendete: Die Begegnung mit diesem Wesen blieb unerklärlich. Aber ob lyn je eine Antwort darauf finden würde ...?

Wir wissen zu wenig über die Valeven und die Magie ..., erinnerte sich Syn an Adais Worte und dachte an seinen Wunsch, sich der Erforschung der Magie zu widmen. Vielleicht war das doch wichtiger, als sie alle sich vorstellen konnten. Sie waren viel zu sehr auf diese angewiesen.

Schließlich sahen sie sich verlegen und mit einigen Blessuren an. Adai war in sich gekehrt und versuchte, sich seine Enttäuschung nicht anmerken zu lassen, aber Syn meinte, sie diesmal deutlich erkennen zu können. Schwer lag sie auf lyns Reisebegleiter und hielt ihn gefangen. Dann setzte er ein schiefes Lächeln auf, hinter dem er seine Emotionen versteckte, und sagte: »Dann wollen wir mal zurückgehen. Wenn wir unseren Rastplatz von gestern Nacht heute noch erreichen wollen, müssen wir uns beeilen. Ich hoffe, dass wir den Weg bei so viel Neuschnee finden.«

Tjor an lyns Seite gähnte und streckte sich. Nach dem Kampf mit der Valeve war er ganz der alte, gemütliche Hund und schien nur auf sie beide zu warten. Syn jedoch schüttelte den Kopf. Lyn musste es jetzt sagen – sonst wäre es zu spät.

Während Adai lyn abwartend ansah, traute sich lyn also: »Wir gehen den Weg bis zum Ende, bis zum Eisblumenbaum. Wir haben zwar kein Glas mehr, aber du kannst als Geschenk von deiner Reise berichten.«

Adai blickte lyn mit großen Augen an. Syn sah sich selbst in ihnen gespiegelt, und plötzlich wurde lyn sehr warm. Lyn räusperte sich, rückte den Rucksack auf den Schultern zurecht und trat nach draußen in den eisigen Wind. Lyn ging ein paar Schritte, bis lyn sich umdrehte und fragte: »Kommst du?«

Sternenleuchten

Der Eisblumenbaum

Syn war froh, dass der Wind immer noch stark blies, denn so waren keine Gespräche möglich. Lyns eigene Gedanken wirbelten schon zu sehr herum, als dass lyn sich auf Adai und das Verstehen seiner Gefühle hätte konzentrieren können.

Habe ich die richtige Entscheidung getroffen? Es wäre leichter für mich, wenn ich mit Adai einfach nach Hause gehen würde. Zeige ich ihm die Feen, dann kommt er am Ende noch auf die Idee, mich noch mal um dasselbe zu bitten. Oder er versucht, selbst ein Glas zu befüllen – was ihm aber nicht gelingen wird, weil er kein Magiegewinnender ist, überlegte Syn.

Trotzdem war Syn sich der eigenen Entscheidung unsicher. Was hatte lyn nur dazu verleitet? Hätte lyn nicht froh sein sollen, nach Hause zu gehen? Dann wäre alles erledigt, und lyn würde Adai sicher nicht mehr so schnell wiedersehen. Und trotzdem dachte Syn immer wieder daran, wie er erzählt hatte, warum er das Glas befüllen wollte. Seine Stimme hatte sanft geklungen, als er von dieser Person erzählt hatte. Sie war ihm wichtig genug, die Risiken der Reise einzugehen, und fast beneidete Syn ihn darum. Lyn hatte niemanden, der lyn so am Herzen lag. Immerhin hatte Syn das Gefühl, Adai nähergekommen zu sein. Er hatte lyn so angenommen, wie lyn war, und lyn hatte seine Dankbarkeit gespürt, als lyn ihn genauso angenommen hatte. Das hatte sie einander nähergebracht – was auch immer das heißen sollte. Irgendetwas fühlte lyn für Adai, auch wenn lyn es noch nicht einordnen konnte. Seine Nähe mochte Syn. Lyn mochte seinen Wortschwall, der lyn anfangs beinahe ertränkt hatte, und lyn mochte es auch, dass Adai Tjor nicht vergaß. Zwar konnte Syn ihn immer noch nicht lesen und verstehen, aber inzwischen war klar, dass sein Lächeln ein Schutzwall war. Beinahe war lyn gespannt, was sich dahinter verbarg. Vielleicht würde lyn es herausfinden. Auf jeden Fall stellte Adai eine Herausforderung dar. Er war nicht leicht zu knacken, und was lyn anfangs nervös gemacht und geärgert hatte, fand lyn inzwischen interessant.

Vielleicht hat Narruz doch Recht, dass Menschen unterschiedlich sind und ich deshalb nicht von Anfang an sagen kann, dass mich eine Person nicht interessiert, dachte Syn, während lyn vorsichtig den Berg in Richtung Tal hinunterstieg und aufpasste, dass lyn nicht auf der Eisschicht unter dem Neuschnee ausrutschte.

Als sie in das Tal gelangt waren, blieben sie stehen, und Syn wandte sich an Adai: »Diesen Weg kenne bisher nur ich, und ich brauche das, was im Tal ist, für meine Arbeit. Das Tal bringt sonst keinen Nutzen für andere. Ich hoffe, dass du verstehst, was ich damit meine.«

Der junge Mann nickte und setzte hinzu: »Ich verspreche, dass ich den Weg nicht verraten werde.«

Während sie durch die Stille des Tales gingen, fragte er schließlich: »Warum hast du dich entschieden, mich hierher zu bringen, obwohl wir kein Feenglas mehr haben? Ich dachte, dass du froh wärest, wenn du nichts mit den Feen zu tun haben müsstest. So hat es jedenfalls auf mich gewirkt.«

Syn hatte sich eine Antwort auf diese Frage zurechtgelegt: »Weil du enttäuscht warst«, sagte sie. »Du wolltest etwas verschenken, aber das Glas ist zerbrochen. Rechtzeitig zum Fest kannst du kein neues mehr machen, aber so hast du die Möglichkeit, deine Erfahrungen und Eindrücke zu teilen. Hast du nicht gesagt, dass die Person krank ist und nicht mehr nach draußen gehen kann? So kannst du ihr ein Stückchen von draußen nach drinnen bringen. Es ist zwar nicht das Glas, aber wenn sie dich so mag, wie du sie, dann wird sie dir sicher gerne zuhören, wenn du ihr von allem erzählst.«

Adai legte nachdenklich den Kopf schief. »Vielleicht hast du Recht«, murmelte er.

»Das Glas hätte sie sowieso nicht geheilt, wie ich schon gesagt habe«, erinnerte ihn Syn.

Adai verzog ertappt das Gesicht, erwiderte darauf nichts.

Um ihm noch etwas Positives mitzugeben, setzte Syn hinzu: »Außerdem wird die Person, wenn du ihr von allem erzählst, sehen, wie gern du sie hast. Du hast einen weiten Weg auf dich genommen und sogar ein eigenes Glas geblasen. Ich denke, dass das mehr zählt als das Feenglas an sich. Es zeigt deine Liebe für die Person.«

Verlegen setzte Syn noch hinzu: »So denke ich das jedenfalls. Ich weiß ja nicht, ob meine Einschätzung stimmt.« Dann verstummt lyn und fragte sich, ob lyn damit nicht zu viel gesagt hat. Normalerweise mischte lyn sich nicht in die Angelegenheiten anderer ein oder versuchte, Menschen zu interpretieren.

Adai antworte nicht, und Syn sah sich im Tal um. Es war noch genauso, wie lyn es in Erinnerung hatte – nur diesmal mit Schnee bedeckt. Es regte sich kein Lüftchen, keine Tierspur war zu sehen, stattdessen schien hier die Zeit stehen geblieben zu sein. Eine erhabene Stimmung erfasste Syn, wie jedes Mal, wenn lyn herkam. Lyn mochte dieses Gefühl und konnte es heute noch mehr genießen als sonst, denn heute musste lyn nicht arbeiten. Heute konnte lyn alles in sich aufnehmen ohne die Gewissheit, dass es lyn später zu Hause schlecht gehen würde. Lyn würde sich nicht übergeben müssen und würde auch nicht Nächte lang wach liegen müssen. Heute spielte all das keine Rolle.

Nach einer Weile sagte Adai: »Es ist meine Mutter.«

Verwundert sah Syn ihn an.

Er erklärte weiter: »Ich wollte das Glas meiner Mutter schenken. Sie war schon immer körperlich zerbrechlich, doch in den letzten Jahren wurde es noch schlimmer. Nun kann sie das Bett nicht mehr verlassen – dabei ist sie sonst immer so gerne im Garten spazieren gegangen. Vielleicht habe ich gedacht, dass das Feenglas ihr helfen würde – ich hätte es eigentlich besser wissen müssen –, aber ich hatte einfach Hoffnung.« Er biss sich kurz auf die Unterlippe, dann fuhr er fort: »Trotzdem denke ich, dass du Recht hast. Es wird ihr gefallen, wenn ich ihr am Sternenleuchten von unserer Wanderung erzähle. Und sie wird sicher lachen, wenn sie erfährt, dass ich versucht habe, ein Glas herzustellen.« Nun grinste er, und Syn erwiderte vorsichtig das Lächeln.

Rasch als hätte er Angst, dass ihn der Mut verlassen würde, wenn er nicht weiterredete, sagte Adai: »Ich liebe sie sehr, weißt du. Meine Mutter hat mich immer verteidigt, während mein Vater mich kritisiert hat. Ich bin für ihn nicht das, was ich sein sollte.«

Verstehend nickte Syn. Diese Gedanken kannte lyn gut. Waren sie nicht der Grund gewesen, warum lyns Eltern sie zu Narruz gebracht hatten? Kurz legte sich die bekannte Schwärze auf lyns Gemüt, doch Syn verscheuchte sie. Hier im Tal hatten die Schatten nichts zu suchen, denn das Tal stand für andere Dinge. Ältere. Mächtigere. Wildere. Und schönere. Die Sorgen aus dem täglichen Leben sollten hier verblassen, und man sollte eins mit sich und der Umgebung werden. Nur dann konnte

Magie gewonnen werden, und nur dann würde Adai auch das Wunder verstehen, das lyn ihm zeigen wollte.

Also überwand sich Syn und legte ihm eine Hand auf die Schulter. Es war nicht so schlimm, wie lyn gedacht hatte. Bei Adai waren Berührungen in Ordnung.

Ruhig sagte lyn: »Lass deine Sorgen hinter dir. Du bist jetzt im Eisblumenbaumtal, und hier sind alle menschlichen Probleme nichtig. Nimm die Natur auf und sieh die Wunder, dann wirst du mehr von der Magie verstehen.«

Beim letzten Satz hatten Adais Augen aufgeleuchtet, und er nickte eifrig. Wie eine Person, die zum ersten Mal die Welt sieht, sah er sich um. Syn musste über seine Begeisterung lächeln.

Sie durchquerten das kleine Tal, und nach und nach konnte Syn ihn sehen: Der Eisblumenbaum war groß, größer als ein normaler Baum. Ganz aus Frost und Eis reichten seine Äste auf den Boden. Um ihn herum war es spiegelglatt. Schon von Weitem wurde das blaue Leuchten deutlich. Erst schien es, als würde der ganze Baum von innen heraus strahlen, aber dann wurden aus dem großen Licht viele kleine Punkte, die um den Baum herumschwirrten.

Bevor die Eisfläche begann, blieb Syn stehen. Adais Gesicht erstrahlte auch blau, und er schien kaum genug sehen zu können. Langsam streckte Syn die Hand aus, und ein blaues Licht löste sich aus seinem Reigen mit den anderen. Es schwebte auf Syn zu und landete auf lyns Hand.

»Schau«, flüsterte lyn. »Hier ist eine Fee – frei, wie sie sein sollte.«

Adai beugte sich zu lyns Hand. Das blaue Licht funkelte, während Syn weitersprach: »Wir Menschen nennen sie Feen, aber wer weiß, wer sie wirklich sind. Sie sind älter als die Menschheit und vielleicht auch älter als die Orte, an denen sie ihr Zuhause haben. Wir wissen nicht, woher sie kommen und warum es sie gibt. Wir wissen ja nicht einmal, ob sie eigenständige Lebewesen sind. Einzig, wie wir sie in Gläser pressen und ihnen ihre Magie abnehmen können, das wissen wir.« Lyns Worte wurden bitter. »Doch sobald sie in einem Glas sind, ist ihr Schicksal vorherbestimmt: Sie werden sterben. Doch dürfen wir ihnen das antun? Dürfen wir, weil wir die Magie brauchen, entscheiden, ob die Feen sterben oder leben?« Syn sah Adai an.

Der seufzte. »Ich weiß es nicht«, antwortete er.

Lyn nickte. »Dachte ich mir. Darüber macht sich niemand Gedanken.«

Und niemand, setzte lyn unhörbar hinzu, *interessiert sich dafür, dass wir Magiegewinnenden dafür Morde begehen. Denn was ist es anderes, das wir mit den Feen machen?*

So fühlte es sich für Syn an. Jedes Mal, wenn lyn die Gläser befüllte, wusste lyn, dass die Feen getötet wurden – eine nach der anderen. Und jedes Mal schwor sich lyn, nie wieder ein Feenglas zu erstellen, und machte es trotzdem, weil es nun mal lyns Aufgabe war. War das nicht ein ungerechter Kreislauf?

Die Feen starben, die Magiegewinnenden mussten das allein mit ihrem Gewissen ausmachen, und der Rest der Menschheit profitierte davon.

»Aber die Magie hat auch viel Gutes gebracht«, wandte Adai ein, als hätte er Syns Gedanken gelesen. Dann erklärte er mit fester Stimme: »Ich bin mir sicher, wenn wir mehr über die Magie wissen, dann müssen wir sie nicht mehr aus den Feen gewinnen. Ich werde daran forschen.« Er sah Syn schüchtern an. »Vielleicht ... vielleicht möchtest du mir dabei helfen?«

Verwundert blinzelte lyn. »Wie kann ich dir helfen?«

»Nun, du gewinnst Magie. Wenn wir wissen, wie deine Fähigkeiten funktionieren, dann finden wir möglicherweise auch andere Wege.«

Syn ließ es sich durch den Kopf gehen. Es stimmte, lyn wusste nicht, warum gerade lyn Magie gewinnen konnte. Oft hatte lyn sich das selbst gefragt – und diese Fähigkeit verflucht.

»Das könnte meine Möglichkeit sein, etwas zu ändern«, stellte lyn für sich fest, dann lächelte lyn vorsichtig und sagte zu Adai: »Gut, du weißt ja, wo du mich finden kannst.«

Der Adlige strahlte, aber bevor er sich bedanken konnte, unterbrach Syn ihn und sagte schnell, um der Hitze zu entkommen, die sich in lyn ausbreitete: »Aber jetzt zeige ich dir erst mal etwas Besonderes, damit du deiner Mutter etwas erzählen kannst!«

Mit diesen Worten trat lyn vorsichtig auf die Eisfläche und hob beide Arme. Die Feen strömten auf lyn zu. Sie umkreisten lyn und immer, wenn eine Fee lyns Haut berührte, kribbelte es. Die Wesen fühlten sich zu Magiegewinnenden hingezogen. Normalerweise müsste lyn sie jetzt fangen und einsperren – aber nicht heute.

Syn drehte sich im Kreis und lachte. Lyns Lachen erfüllte das Tal, und die Feen schienen mit dem Geräusch zu tanzen. So waren lyns Besuche im Tal noch nie abgelaufen. Lyn fühlte sich so frei. Emotionen stürmten auf lyn ein, und die Welt verschwand in einem Strudel aus blauem Licht. In diesem Moment schien alles möglich zu sein. Syn konnte alles machen, was lyn sich je gewünscht hatte, und lyn war nicht mehr allein. Das Licht der Feen umhüllte lyn, und zusammen wiegten sie sich zu einer unhörbaren Melodie.

Adai sah einen Moment überrascht zu, dann begann auch er zu grinsen, um schließlich in Syns Lachen einzustimmen. Sie wussten beide nicht, warum genau sie lachten. War es, weil sie dem Valeven entkommen waren? War es, weil sie sich auf einer Ebene verstanden, wie Syn es vorher noch nicht erlebt hatte? War es, weil der Baum und die Feen so schön waren? Oder war es, weil sie ein gemeinsames Ziel hatten?

Spielte es überhaupt eine Rolle, warum sie lachten?

Syn wusste nicht, wie lange sie beide so dastanden – lyn im Strudel der Feen und Adai es beobachtend. Irgendwann ließ Syn die Arme sinken, trat wieder zu Adai, und die Feen, als wüssten sie, dass es nun vorbei war, verstreuten sich und nahmen wieder ihren Reigen um den Eisblumenbaum auf.

Mit glühenden Wangen wandte Iyn sich an Iyns Begleiter: »Ist das etwas, was es wert ist zu erzählen?«

Adai grinste. »Ja, das ist es. Ich kann es kaum erwarten, es meiner Mutter zu berichten. Sie wird sich sicher über dieses Geschenk freuen.«

Syn nickte. »Dann sollten wir uns beeilen, damit wir nicht allzu spät zum Sternenleuchten kommen. Du solltest sie nicht zu lange warten lassen.«

Sie warfen den Feen und dem Baum einen letzten Blick zu, dann wandten sie sich um und machten sich auf den Rückweg – schließlich mussten sie es heute noch bis zum Rastplatz schaffen.

Bald hatten sie den Fuß des Passes erreicht. Syn drehte sich nochmals um und pfiff nach Tjor. Der Hund kam gemächlich angetrabt und setzte sich dann an die Spitze. Als sie das Tal verließen, begann es wieder zu schneien. Kleine zarte Flöckchen fielen auf den Boden und bedeckten nach und nach ihre Fußspuren.

Der Eisblumenbaum

Saskia Dreßler

Nachwort
und ein kleiner Dank

Eigentlich wollte ich gar kein Nachwort schreiben, denn ich hatte nie gedacht, dass ich diese Geschichte mal veröffentlichen werde. Nun ist es so weit und du hältst diese Novelle in der Hand. Aus diesem Grund möchte ich kurz nostalgisch werden und dir erzählen, warum es »Sternenleuchten« überhaupt gibt.

Eigentlich ist diese Geschichte daraus entstanden, dass ich etwas Putziges, Winterliches schreiben wollte. Nun … du kannst selbst entscheiden, ob meine Geschichte putzig geworden ist. Ich habe innerhalb meiner Möglichkeiten alles getan, und für mich ist sie sehr *wholesome*, weil sie von Selbstakzeptanz und Freundschaft (und einem Hund) handelt.

Im Winter 2022 – nachdem ich die Gothic-Novelle »Dieser Schrei, der nun deiner ist« beendet hatte – habe ich mit dieser Geschichte begonnen und habe mir erst gedacht: »Okay, du schreibst das für dich.« Später habe ich den Gedanken verformt und mir gesagt: »Gut, die Geschichte wird für meine Patreons.« Und jetzt sind wir beim Superupdate: Du kannst die Geschichte käuflich erwerben. Das hat sich irgendwie so ergeben, weil ich das Experiment »Selfpublishing« starten wollte – und ich hoffe, dass es geglückt ist. Zumindest hältst du das Buch in der Hand.

Nun weißt du, warum du ein Buch hast, und vielleicht kann ich noch dazu sagen: Die Geschichte ist viel komplexer geworden, als ich es gedacht hätte. Ich habe einen großen Respekt vor High-Fantasy-Geschichten, weil da für mich so viel Weltenbau drinsteckt, an welchen ich mich bisher noch nicht herangetraut habe. Deshalb habe ich bei »Sternenleuchten« tief gestartet und gesagt, dass ich erst mal irgendwie eine Geschichte schreibe, aber schon beim Schreiben dehnte sich die Welt aus – und beim Überarbeiten noch mehr. Seither existiert in meinem Kopf eine große Welt, die sich einfach reingeschlichen hat. Die Geschichte von Adai und Syn ist damit nicht zu Ende, und es gibt eigentlich noch viel mehr zu entdecken – aber inzwischen muss ich textlich ein bisschen wirtschaftlich denken und überlegen, über was ich Texte schreibe und wo ich die Arbeit reinstecke.

In diesem Sinne: Du hast das Mitbestimmungsrecht! Gefällt dir die Welt von Syn und Adai, und du möchtest mehr wissen? Dann schreib mir gerne auf Social Media oder per Mail. Mit genügend Rückmeldungen werde ich sicher in die Welt zurückkehren und mich doch mehr trauen, High Fantasy zu schreiben – und dann endlich sogar ein Dokument mit dem Weltenbau anfangen. Bisher gibt es nur Dinge in meinem Kopf ...

Wie es sich für jede – noch so kleine – Geschichte gehört, habe ich das nicht alles allein gemacht. Darum möchte ich ein paar Menschen danken:

Danken möchte ich meinen Eltern, einfach weil ihr mich beide so unterstützt, wie ich bin, und alle meine Umentscheidungen annehmt.

Weiter möchte ich meiner Lektorin Melanie Schneider danken, die sich durch das Manuskript kurz vor der Abgabe gekämpft hat. Ich hoffe, dass du dadurch in Winterstimmung gekommen bist.

Sonst danke ich meiner testlesenden Person skalabyrinth. Deine Anmerkungen haben mir sehr geholfen, über meinen Text zu reflektieren. Und ich muss auch für das tolle Cover danken, das du mir gezeichnet hast!

Danke auch an Synlana *für die wunderbaren kleinen Zeichnungen, die du im Buch siehst. Ich liebe sie sehr!*

Für den Buchsatz und das Korrektorat dieser kleinen, feinen zweiten Auflage danke ich Claus Kullak. Ohne dich hätte es damit noch länger gedauert.

Und schließlich möchte ich Ingrid Pointecker, Celine, Sarah Malhus, Isabelle Hellwege und Poisonpainter (aka Anne Zandt) als meine Patreons danken. Danke, dass ihr mich immer unterstützt - diese Geschichte ist für euch.

Damit habe ich für so eine kurze Novelle genug geschrieben. Ich hoffe, dass euch die Geschichte gefallen hat und ihr immer vorsichtig seid, wenn ihr Feen in ein Glas einsperrt!

Namens- und Pronomenerklärung

In »Sternenleuchten« haben die Figuren verschiedene Geschlechtsidentitäten. Es gibt also nicht nur ein binäres Geschlechtersystem. Nun befinden wir uns aber in einer fantastischen Welt, und unsere Ausdrucksmöglichkeiten existieren in der Hauptstadt Falavain und den angrenzenden autonomen Regionen nicht. Stattdessen haben die verschiedenen Regionen und die Hauptstadt unterschiedliche Auffassungen von Geschlechtern und, wie diese in der Sprache verbalisiert werden.

In Syns Heimatregion, Vandrulis, sind die Geschlechtsbestimmungen noch sehr binär geprägt, wie ihr vielleicht gemerkt habt. Deshalb orientiert sich Syn, die in unseren Worten eine non-binäre Geschlechtsidentität hat, an der autonomen

Region Lykien. Dort bezeichnen sich non-binäre Personen als »Lyandraden« (abgeleitet von einer mythischen Geschichte, um eine Person namens Lykandrias). Lyandraden haben ein eigenes Pronomensystem und kennzeichnen ihre Namen mit einem Y, um zu zeigen, dass sie non-binär sind.

Pronomen

- Personalpronomen im Nominativ, Akkusativ, Dativ: lyn
- Possessivpronomen: lyns
- Demonstrativpronomen: dielyn

Content Notes & Positive Tags

Hier findest du eine Liste mit Content Notes zu »Sternenleuchten«:

Einsamkeit, Queerfeindlichkeit (insbesondere Feindlichkeit gegen nicht-binäre und trans Personen), Selbstzweifel, fehlende Selbstakzeptanz, Suizidgedanken, Verlassen werden, Waise, Armut, Mord, schlechter Beruf, niedrige soziale Stellung, Krankheit (angedeutet), Kampf, Verletzungen (Schnittwunden, blaues Auge), Kälte.

Und neben den Content Notes gibt es auch positive Tags zu der Novelle:

nicht-binäre Hauptfigur und trans männliche Figur, neuro-
divergente Figuren (u. a. Autismus), Haustiere, Selbstakzeptanz und Akzeptanz von anderen, Freundschaft, Kommunika-
tion auf Augenhöhe, genderneutrale Sprache.

Vita

Saskia hat sich dem Geschichtenschreiben und -entdecken schon seit their zwölften Lebensjahr gewidmet. Am liebsten schreibt they Geschichten über außergewöhnliche Figuren und setzt diese in nicht ganz alltägliche Situationen. Besonderen Wert legt they auf diverse Figuren, die oftmals non-binary und/oder neurodivergent sind. Dies möchte they auch in their ersten Silkpunk-Romanprojekt umsetzen.

In Gedanken ist die Welt von »Sternenleuchten« schon viel weitergewachsen und wartet darauf, weitergeschrieben zu werden.

Zuletzt von them erschienen ist die Schauernovelle »Dieser Schrei, der nun deiner ist« aus dem Weltenruder Verlag – erhältlich unter weltenruder.de.

Wenn Saskia nicht schreibt, dann bietet they Sensitivity Reading für die Darstellung von non-binären Figuren und

Neurodivergenzen (Fokus Autismus und ADHS) sowie anderen Bereichen an. Weiter streamt Saskia regelmäßig unterschiedliche Formate auf Twitch.

Zuletzt von Saskia erschienen

- Saskia Dreßler (2024). Dieser Schrei, der nun deiner ist. Weltenruder.

Herausgegeben von Saskia

- Melanie Schneider & Saskia Dreßler (2024). Neuropunk. Perspektivwechsel. Weltenruder.
- Saskia Dreßler & K. H. Zimmer (2024). Sonnen-Erwachen. Facetten des Aufbruchs. BoD.
- Saskia Dreßler & Mika M. Krüger (2024). Weltenraunen. Selbstverlag.

Saskia im Netz

- Webseite: saskiadressler.com
- Patreon: patreon.com/c/saskiadressler
- Twitch: twitch.tv/saskiadressler
- Instagram: @dresslersaskia
- Mastodon: @seitenweiser@literatur.social
- Bluesky: @seitenweiser.bsky.social